五十六個の赤レンガ

大方陽児著

つげ書房新社

五十六個の赤レンガ◆目次

作文

三年生の時のおいがだ（おれたち）のクラスは、暗いクラスでした。それは、なしてだが（どうしてか）と言うと、先生がおっかながったからです。じゅ業時間中は楽しいことが何もなくて、いっつもおいがだは「早ぐ終わらねがなあ」ということばっかし、考えていました。

じゅ業時間中じっとがまんしている分だけ、休み時間になるとおいがだは急に元気になります。「ろうかを走らないようにしましょう」という紙がはってあって、おいがだも走ればダメだと分かっているのですが、体がかってに動き回ってしまうのです。

すると、週番のわんしょうをつけた六年生の人がおいがだをつかまえて

「なん組だが?」

と、ききます。

「三年一組」

と、言うと

「やっぱり三年一組が」

そう言って、週番の人は紙に何か書きます。

それで、週に一回放送で発表するのです。

「先週一番多くろうかを走ったのは、三年一組です。三年一組は、前の週も一番多くろうかを走りましたから、気をつけましょう」

すると、その次のじゅ業の時間に、おいがだは先生にごしゃがれる（しかられる）のです。

先生は

「あなたがたがこうなのは、私のせいではなくておうちのしつけが悪いからです」

だの

「だいたい、私はこんな所で仕事をしている人間ではなかったんです」

だのと、かんけいのないことまでしゃべって、じゅ業時間中ごしゃぎつづけるのですが、おいがだにはあまりききめがなかったようです。

次の日になるとまたろうかを走り回って、週番につかまって、次の週には放送で発表されて……。

それで、また先生にごしゃがれでしまうのでした。

先生がごしゃぐのは、これだけではありません。宿題をわすれたといってはごしゃぎ、先生のきいたことに答えられないといってはごしゃぎ、ムダ口をきいたといってはごしゃぎ、ちゃんと前を向いていなかったといってはごしゃぎ……。

ごしゃがれつづけてばかりいるので、おいがだはだんだんシューンとなって下を向いてしまいます。すると、こんどは元気がないといってごしゃぐので、おいがだはもう暗ーい気持ちになるしかなかったのです。

おいがだの学年は、昭和二十一年四月生まれから二十二年三月生まれまでの学年です。前の学年と比べるとうんと人数が多くて、おいがだの入学した秋田県能代市立米代小学校では前の学年が三クラスだったのに、おいがだの学年は五クラスでした。それだけではなく、一クラスの人数も多くて、おいがだのクラスは五十六人もいました。

これだけ人数が多いのだから、先生もごしゃがねばクラスをまとめていかれないこともあったと思います。けれど、それでもやっぱりごしゃぎすぎだと思います。

なしてだかと言うと、ちがうクラスの人にきくと

「おいがだの先生は、そんなにごしゃがね」

と言うし、となりのクラスからは大声でわらうのがよく聞こえてきました。

そのたびに、おいがだは

「ああ、うらやましいなあ」

と、本当に思いました。

だから、四年生になって先生がかわると、みんなほっとしました。

今度の先生も女の先生でしたが、前の先生とちがって顔も体もほっそりとしていました。

それで、目を細めてにこにことわらうのです。

おいがだは
「いつまでもやさしば、いいなあ」

と、思いました。

それで、みんなで相談しました。

「こんどの先生、どういう先生だが、兄さん姉さんにきいてみるべす」

おい（おれ）は兄さんも姉さんもいなかったので、近所でいつもいっしょに遊んでいる二さい年上の人にきいてみました。

すると、とく男ちゃんはにこにこわらってほめました。

「あの先生はいい先生だど。やさしし、一生けん命だし……。えがったなあ、あの先生で」

けれど、のぶ夫ちゃんは反対のことを言いました。

「それはたいへんだ。ばがみだいにおっかねぇ先生だど。ばぐだんっていうあだながついでるくらいだがら……。気ぃつけれや」

のぶ夫ちゃんの話だと、ごしゃぐ時は急に大きなこわい声になって、ばく発するようにごしゃぐので、ばくだんというあだながついているのだそうです。その時は首に青すじが立って目がつり上がると言っていましたが、いつもにこにこわらっている先生からはとてもそうぞうがつきません。

学校にいってそのことを話すと、みんなも同じようなことを言いました。

それで、やさしいのか、おっかねえのか、先生のことをよぉーく見てみることにしました。

その一週間くらい後で、また先生の話になりました。

「にこにこして、やさしなあ」

「んだ（そうだ）。いい先生だ」

「なんにも、ばぐ発なんかさね（しない）」

「んだども（だけど）、これがらばぐ発するがも知れねな」

「ばぐ発さねば、いいなあ」

それから少ししてから、国語の時間に作文を書かせられました。

〝四年生になって〟という題でした。

「思ったとおりのことを、すなおに書きなさい」

そう言われたので、先生のことでとく男ちゃんが言ったこともものぶ夫ちゃんが言ったことも友だちが言ったこともおいが思っていることも、みーんなすなおに書きました。

何日か後、ピーテーエーがあった日のことです。帰ってきた母さんが言いました。

「父さん父さん。今日の父兄こん談会で、おもしれぇことあった」

「どした?」

「先生がしゃぁ、今度のクラスにはこんなにすなおな子どもがいますって言ってしゃぁ、作文読んだども、その作文がけっさくだの」

クスクスわらいながら、母さんはどんな作文なのかを話しました。

あ、それだば、おいの書いたやつだ。おいはそう思いましたが、母さんがあんまりおもしろそうに話しているので言い出せませんでした。

「にゃぁ、わらすっておもしれにゃぁ。だれに読まれるか、気がつがねべがにゃぁ。すなおなことはすなおだども、ばかみだいにすなおだわらすだにゃぁ」

「んだども、わらすだば、そのくらいすなおだ方がいいんでねが」

「んだども、父さん。あんまりすなおすぎるんでねべが」

「本当だなあ。それだば、そのわらす一人だげでねくて、そこの家の人がだ、みんな、すなおなんだべなあ。どういう家の人がだだべが」

それから一週間くらいして、作文が返されました。先生はみんなにはただわたすだけでしたが、おいにわたす時は何か言いたそうにしてにっこりわらってくれました。

おいはうれしい気持ちになりましたが、すぐに「こまったなあ」という気持ちにかわりました。

これ母さんさわたしたら、どうなるべがと、思ったのです。

それで、おいは考えました。

わたさないわけにいかねんだから、父さんがゆうびん局から帰ってくる前にわたしてしまうべ。

おいは、うちに着くとすぐに母さんにわたしました。

母さんはさいしょはふつうの顔でしたが、すぐに「あっ」と口をあけてから
「あいー。きよしー」

と、つぶやくように言いました。

そして、作文を持ったまま、たたみの上にしゃがみこみました。

これは、あぶない。

おいは、あわてて外ににげ出しました。

げんかんを出る時にふり返ると、母さんはまだ同じかっこうのままでした。

ばく発

四月が終わり、五月がすぎても、先生はにこにことわらっていました。宿題をやってこない人が多い時とかはきびしい顔になることもありましたが、いつもはやさしい顔でした。それだけではありません。じゅ業時間も楽しくなってきました。

おいは、とくに社会と理科の時間が好きでした。

社会の時間には能代市や秋田県のいろんな話を聞かせてくれました。その中でも一番ビックリしたのは、おいがだの住んでいる能代市は東洋一の木ざい都市で、秋田木ざいという会社は東洋一の木ざい会社だという話を聞いた時です。

能代って、そんたにすごいんだべが。

さいしょは、信じられないような気持ちでした。

それで、

「先生。本当だが?」

と、何人もききました。

そのたびに先生は
「本当よ。すごいでしょ」

と、楽しそうにこたえました。

おいがだは、先生がこたえるたびに、なんだがうれしい気持ちになりました。

理科の時間には、じっけんというのをやってくれました。

ある日のじっけんは、ごはんにヨードチンキをかけるとどうなるかというのでした。

さいしょに、先生のべん当からごはんを出しました。

「このごはんにヨードチンキをかけると、色がかわると思う人は?」

おいがだは、手をあげました。

「じゃあ。どんな色にかわると思う?」

おいがだは
「茶色」

「茶色」

と、こたえました。

「どうして茶色?」

「ヨードチンキが茶色だから」

先生は、クスッとわらってからヨードチンキをかけて
「さあ。どうなったでしょう」

と、おいがだに見せました。

すると、みんな
「ええ？」

だの
「なして（どうして）？」

だのと、声を出しました。

ごはんの色がむらさき色にかわっていたからです。

だれかが
「おいの（おれの）まんまでも、かわるべが？」

と、言いました。

「かわるわよ。だれかやってもらいたい人いる？」

先生がそう言うと、

「おいの（おれの）」

「おいの（おれの）」

と、みんなべん当を出そうとしました。

「みんなの分はやれないから、代表して森山君にしましょう」

先生は一番前にすわっている森山君のべん当からごはんを出すと、さっきと同じように
「さあ。どうなるでしょう」

と言って、ヨードチンキをかけました。

すると、ごはんはまたむらさき色にかわったので、おいがだはワァーッと声を出して一度に言いました。

「先生。もう一回。もう一回」

「じゃー。サービスでもう一回だけ。今度は女の人にしましょう。女の人でやってもらいたい人は?」

先生がそう言うと、女の人がみんな手をあげたので
「じゃー。代表して」

と、やっぱり一番前にすわっている石川さんのべん当を受け取りました。

じゅ業時間が楽しくなって、ごしゃがいることがなくなったせいか、おいがだは前よりろうかを走らなくなりました。学校で一番ろうかを走るのは、四年一組ではなくなりました。それだけ楽しいクラスになったのです。

ところが、六月に入ってから大変なことが起こりました。

三時間目の国語の時間です。

「宿題をやってきた人は?」

と、きかれたら半分近くの人が手をあげませんでした。

いつも宿題をやってこないのはおいと上田君かおいと鈴木君なのですが、その日はいつも宿題をやってくる人までもやってこなかったのです。それで、先生はおこりました。今までになかったこわい顔になって、やってこなかった人を教だんのまわりにひざをおってすわらせました。

三時間目が終って休み時間になっても、おいがだはすわらせられたままでした。休み時間が終って四時間目になっても、すわらせられたままでした。四時間目の授業が終ると、次はべん当の時間です。

べん当の時間になったら、ゆるしてけるべ(ゆるしてくれるだろう)。おいは、勝手にそう思っていました。だけど、四時間目が終っても先生は何も言いません。こわい顔のままです。宿題をやってきた人たちだけがべん当をあけて食べ始めたのを、おいがだはただ見ているだけでした。

いつもべん当を食べている時間なので、おいがだはだまっていてもはらがへっていました。それなのに目の前でべん当を食べるのを見ていると、ますますはらがへってきました。

「はらへったなあ」

だれかが、低い声で言いました。

「んだなあ」
二、三人の人が低い声でこたえました。
何とかならねがなあ。

みんなそういう気持ちになってきました。

宿題をやってこなかった人の中には、級長の吉井君もいました。

「田村。田村」

吉井君がおいをよんで、先生に聞こえないような低い声で言いました。

「おめしゃぁ、先生さたのんでくれねが。べん当食べさせてくださいって」

「なして、おれがたのむんだが？」

「んだて、田村ならごしゃがいるの、なれでるべしゃぁ。三年の時から宿題やってこねかったんだもの」

そう言われれば、そうかも知れねなあ。おいは、そういう気持ちになりました。

だけど、先生があんまりおっかないから、ちゃんとしゃべれないかも知れねし……、おい一人だと心配だし……と、まだ気持ちは決まりませんでした。

するとまわりにいた四、五人が物すごく真けんな顔で言いました。

「やってけれ。田村」

「んだ。やってけれってば」

つづいて、また吉井君が言いました。

「田村もはらへってるべぇ。みんなもはらへってらた。んだがら、がんばってけれじゃぁ」

こういうふうに吉井君にもみんなにも言われてしまうと、もうおいはやるしかなくなりました。おいは立ち上がってべん当を食べている先生の前に行きました。先生のきびしい顔を見ると、むねがドキドキしてしまいました。けれども、おいは思いました。何とかしねばならね。

それで、しんこきゅうをしてから大きな声でたのみました。

「先生。みんなおなかがすいてるので、べん当を食べさせてください」

おいにしては、ものすごくりっぱにしゃべれました。

それなのに、先生はビックリしたように目を開いておいを見ました。

それから
「んんん……」

と、うなるような声を出しながら立ち上がって、もう一度おいを見ました。その時には、もう目がつり上がって、ほっぺたをピクピクさせて、首には青すじを立てていました。

それを見て、おいは思いました。たいへんだ。ばく発してしまった。

だけど、そう思った時にはもうおそかったのです。

「いつも宿題やってる人が……たのむのはまだ分かるけど、んんん、いつもやってこない……あなたが……、んんん、もういい。よし。もういい」

そう言いながら、先生はすわらせられている人がたに向かって、手をふってせきにもどれという合図をしました。けれど、その手のふり方が馬車屋の親方が馬の鼻を引っぱる時のげんこつみたいで、あんまりあらあらしいので、みんなはおっかなくなってそのままわっていました。

すると、先生は

「んんん……、いい。もういいったら。田村君以外の人はもういいんだ。んんん……、みんなせきにもどっていい。べん当も食べていい。んんん……」

そう言って、また馬車屋の親方の手つきでうでをふりました。

それで、みんなはますますおっかなくなって、今度はこのままますわっていればたいへんなことになってしまうがも知れねと、大あわてでせきにもどりました。

そして、急いでべん当を食べ始めました。

おいは一人、教だんの横にすわらせられてそれを見ていました。

すると、急にさびしくなって、なきたいみたいな気持ちになってきました。そいで、吉井君やおいに「やってけれ」と言った人がだが何とかしてくれねべがと考えて、その人がだと目が合うようにといっしょうけんめい見ました。

なかなか目が合いませんでしたが、ようやく吉井君と目が合いました。

おいは、しめたと、思いました。

それなのに、吉井君はすぐに下を向いて物すごい速さでべん当を食べ出して、あっという間に食べ終わってしまいました。食べ終わったらこっちを見るかと思ったのに、おいと目を合わせないようにあっちこっちと見たりしています。おいは、ガッカリしてしまいました。

べん当の時間が終って休み時間になると、いつもだったら先生はしょく員室に行くのに、その日は先生のつくえにすわったままでした。それでも、休み時間になると、みんなは先生に気がつかれないように手をふったりわらったりしてくれました。おいは何もできないので、そのたびにただニヤニヤとわらっていましたが、そのうちに
「えへへ」

と、声を出してしまいました。

すると、先生はこっちを向いてジロリとにらみました。

それから、低い声で
「休み時間だけだからね」

と、言いました。

それでおいは、おいがたがコッソリやっていることを先生は知っていたのにだまってい

たんだと、気がつきました。それに、あっちの方に向き直る前に先生がちょっとだけわらったように見えました。おいは、少しだけほっとした気持ちになりました。

休み時間が終ってもおいはずーっとすわらせられたままで、さい後のじゅ業が終ったのでようやくべん当を食べても良いことになりました。だけど、おいはすぐにべん当を食べませんでした。自分の教室でどうどうと食べる気にはならないし、べつの場所で食べて他のクラスの人に見られたらはずかしいし、弟たちに見つかったらたいへんなことになるし……。

いろいろ考えてから、おいはあんまり人が歩かない音楽室のうらにこっそり行って、急いで食べました。

そうじ

先生がばく発した次の日、おいがだは今日はどうなるべがと、心配しながら学校に出かけました。

もしばく発しなくても、あとかすくらいは残っているかも知れね。

そう思っていましたが、あとかすも何もなく、やさしい先生にもどっていました。

それでもおいがだは、またばく発するかも知れねどぉと、いう気持ちで先生を見ていました。

だけども、先生は次の日もその次の日もばく発しませんでした。

おいがだは
「やっぱり、やさしい先生だ」

「んだ。前の先生みだいに、毎日ごしゃいだりしねぇな」

と、いうような話をしました。
それから、一学期が終って二学期に入っても、先生はばく発しませんでした。
だけど、十月になってからこういうことがありました。
おいがだのクラスは八つのはんに分かれていて、はんごとにそうじをするのですが、よくおいがだのはんはだらけで（だらだらして）しまって、いつまでもそうじが終らない時がありました。みんながせっせとやればすぐ終ってしまうのですが、だれかがだらけると他の人もせっせとやるのがばかくさくなってきて、みんながだらけてしまうのでいつまでも終らないのです。
そんな時、おいは
「先生。みんな、ちゃんとそうじをしていません」
だの
「先生。上野君は、はん長なのにそうじをしないで遊んでいます」
だのと、先生に言いに行きました。
すると、先生はいつも
「そうねぇ。田村君。しっかりそうじをするようにみんなに言ってあげて」
と、やさしくこたえます。
それで、おいはしっかりいい気持ちになって
「おめがだぁ（君たちぃ）。そうじさねばダメだって、先生が言ってるどぉ」

と、みんなに大きな声で言うのです。

すると、みんなおいに命れいされたような感じになってそうじをやり始めるのでした。

その日も、そういうふうになるだろうと思って、おいは先生に言いに行きました。けれども、その日はいつもとちがっていました。先生はやさしくこたえてくれるかわりに、きびしい顔でビシッと言いました。

「いつも田村君は、人のことばかり言いに来るけど、田村君はどうなの。しっかりやってるの」

もともとおいはなき虫だったので、きびしいことを急に言われるとなきたくなってしまいます。その日も少しなきたい気持ちになりましたが、じっとこらえました。こらえながら考えました。

やっぱりおいも、しっかりやってね。

それで、よぉーしと、思いました。

いじくされ（いじっぱり）になって、やってやる。

おいはそうじの場所にもどると、一言もしゃべらないでものすごいいきおいでそうじを始めました。すると、それを見て他の人たちもそうじを始めました。そうじは、あっという間に終ってしまいました。次の日も、その次の日も、おいはいじくされになってそうじをしました。

それを見て、先生が
「田村君。ずいぶんがんばっているのね」

と、言っているのが聞こえました。

いつもだったら、そういうことを聞くとすぐに
「えへへへ」

と、わらってしまうのですが、いじくされになったおいはちがっていました。

へん、という気持ちで、先生の言ったのを聞こえないふりをして、もっとすごいいきおいでそうじをしました。

そうやって毎日そうじをしていると、いつの間にかおいがだのはんにはだらける人がいなくなりました。すると、気がつかないうちにおいはいじくされでなくなっていました。いじくされにならなくても、せっせとそうじをするようになったのです。

みんなでせっせとそうじをしていると、今まで気がつかなかったゴミだのよごれだのが見えるようになりました。そういう所まではいたりふいたりすると、そうじをした後はうんときれいになるのが分かって、おいがだはスッキリとした気持ちになりました。

おいは、だらけでいるより、一生けん命やった方がよっぽど気持ちがいいんだと、思いました。

ある日、先生がおいがたのはんがそうじをやった後を見て

「上野君たちのはんは、とてもきれいにそうじをするわねえ」

と、感心したように言いました。

すると、森山君がかっこうつけて言いました。

「なんも。これがふつうです」

それで、おいがだはわらいました。

先生も顔を真っ赤にするくらいわらいました。

そのとおりだ。

わらいながら、おいはそう思いました。

宿題

十一月になってから、先生はテストのせいせきを紙に書いて発表しました。その紙には、せいせきが一番から二十番までの人の名前が書かれていました。こういうことは今までなかったので、おいがだはワァーッと集まってそれを見ました。それで、人のせいせきのことをあーでもねぇこーでもねぇと言い合いました。

書かれた中においの名前もありました。十七番でした。だれもおいの名前が書かれるとは思っていませんでした。おいも、思っていませんでした。

それで、上野君が言いました。

「田村。宿題やってこねぇわりに、いいなあ」

おいも本当はそう思っていました。それで、宿題やれば、もっとえぐなるかなあ、と思いました。宿題やってみるかな、という気持ちが少し起こりましたが、「やるが。やらねが」

と、毎日まよっているばかりで、ぜんぜんやりませんでした。

だけど、ある日、おいは決心しました。

宿題やるど。

なして決心したかと言うと、それはおんばが死んだからです。なして、おんばが死んだがら決心したがと言うと、こういうことがあったからです。

三年の時、おいはいっつも宿題をやっていませんでした。

けども、おんばが入院した時、宿題がんばってやるべと、思いました。

それからずーっと宿題やっていたのに、三日続けてやっていかないことがありました。

そしたら、先生はおいのノートに手紙を書いて
「お母さんにみせなさい」

と、言いました。

おいは、見せたくありませんでした。なしてだがと言うと、その手紙には、田村君はこのごろ宿題を良くやるようになってきましたが、またやってこないようになりました、というようなことが書かれていたからです。

その手紙が母さんに見られるだけなら大変ではありませんが、母さんはいつもおんばのいる病院にいるので、おんばにまで見られるかも知れません。そうなってしまえば、大変です。おんばは入院するくらい体が弱っているのに、おいの手紙を見たらガッカリしてもっ

と体が弱くなってしまいます。

けれども、先生が見せれと言ったので見せるしかありません。それで、おいは考えました。

おんばはねていることが多いから、ねている間に母さんに見せてしまえばいい。

病院に行くと、やっぱりおんばはねていました。おいは、今のうちだと思って低い声で母さんに言いました。

「先生から手紙きた」

すると、ねていたはずのおんばが、ぼんやりと目を開いて低い声で言いました。

「先生がら手紙だってが」

しまった。聞こえてしまった。

おいは、あわてました。だけど、もうおそかったのです。

「見へらんせ」

母さんはノートをわたしました。それをおんばは長い間ながめていました。

「はぁーっ」

と、つかれたように息をするのが聞こえました。

それから、聞こえるか聞こえないくらいの低い声で言いました。

「きよし……。宿題……、やってねてぎゃぁ」

おんばは長い時間目を開けて、じっとてんじょうの方を見ていました。

その間、おいはにげてしまいたいようないやな気持ちでそこに立っていました。おいは、いやでいやでどうしようもありませんでした。

なして、こんなことになってしまったべが。

おいは先生のせいにして、先生をうらみました。

なして、先生はおいが宿題やってる時に手紙書いてくれなかったべが。宿題やってる時に書いてくれれば、おんばもよろこんだのに。

おんばは、パタラッとふとんの上にノートをおくと、すぐに目をつぶりました。

それで、おいは部屋を出ました。部屋を出ると、悲しいようなくやしいような気持ちが急に強くなりました。その気持ちの中で、おいは思いました。何回も思いました。

これからは、宿題やらねど。絶対に、やらねど。

それからおいはしっかりいじくされになってしまって、本当に宿題をやりませんでした。三年が終って、四年になってもずーっとやりませんでした。


その日、前の夜から病院にとまっていたおいは、朝起きるとおんばの顔を見ました。おんばは、ねていました。

「おんば、ねてるな。いつもより、えぐねてる」

おいがそう言うと、ベッドのまわりにいた人がだが急にふるえ出しました。「うっ、うっ、うっ」と、苦しそうな声を出す人もいました。すると、部屋の中にいた人がだがみんな、なき始めました。ろう下にいた人まで、なき始めました。なしたんだべ、とおいは思いました。

母さんが

「おんば、死んだんだよ」

と、おいの耳に口をつけて低い声で言いました。

うそだべしゃ。

おいは、思いました。

んだて、おんばだけ、すんぐに起きるつらっこしてるもの。

だけども、こういうふうに人がだがいっぱいないているのを見ると、やっぱりおんばは死んでしまったようです。そう思ったら、頭がぼわーっとしてきました。ぼわーっとした頭の中に、あれで、えがったべが、という考えがうかんできました。

やっぱり、宿題やらねばだめだったべが。

おいは、そいから二日も三日もいろんなことを考えました。おんばがおいに言ってくれたことを、思い出しました。ずっと前に死んだおじさが言ったくれたことも、思い出しました。

男わらすだば、なんでも思いっきりやらねば、やづがねどぉ(ならないよぉ)。歌こ歌う時はなんぼでも(いくらでも)

おっきた声で歌えばいいし、ヨーイドンする時は力いっぺえ走れなぁ。
それで、おいは考えました。
いつまでも、いじくされになって、だらけでいられねな。
そしたら、そうじのことを思い出しました。
だらけでいるより、いっしょうけんめいやった方がすっきりするべ。
おいは、宿題をやり始めました。

しょうじょう

三学期に入ると、学校の外には雪がつもっていました。おいがだは外で遊びにくくなったので、ろうかでこまを回したりして遊びました。それでも外で遊べない分だけ、遊ぶ時間がへりました。そのせいかも知れません。おいは、宿題の他にも少し勉強するようになりました。それは、分からない所を先生に聞きに行くことです。

だけども、さいしょから楽に聞きに行けたのではありません。なしてだがと言うと、先生に聞きに行く人がだはみんな勉強を良くやるキチンとした人がだばかりだからです。おいみだいに、この間まで宿題もやってなかったのとはちがっているのです。

それでも、休み時間とか学校が終ってからその人がだが聞きに行って、先生がにこにこわらって教えているのを見ると、おいはうらやましくなりました。それで、聞きに行ってみたくなったのですが、何を聞けばいいのか分かりません。

そこで、考えました。

まんず、何聞いてるか調べでみるべ。

男の人には
「今、先生さ、何聞いた?」

と、聞きました。

聞かれた人は、さいしょは教えてくれませんが、おいがしつこく何回も聞くので
「ここのとこ」

と、教科書の今習っているあたりを指さして
「この問題、よぐ分がねがら」

と、教えてくれました。

女の人が聞いている時は、その近くを行ったり来たりして、何を聞いているかを調べました。

二週間くらい調べて、聞いていることが分かると、おいは、なあんだと、思いました。

聞いているのは、じゅ業中に教えてもらっていることばかりだったからです。

そんなにむずかしいこと、聞いてるんでは、ね。

んだがら、おいとそんなにちがわねと、思いました。

ちがうのは、気持ちだ。気持ちが、だらけるのの反対みだいになっているんだ。おいも、

そういった気持ちになればいい。そしたら、おいでもできるかも知れね。

おいは、家に帰ってから先生に聞いてみたいことを教科書からさがしました。すると、二つ三つはすぐに見つけられました。

これだば、すぐ聞ける。

おいは、そう思って学校に出かけました。

けれど、さあ、行くどと、思っても、なかなかイスから立ち上がれません。なしてだがと言うと、はずかしいからです。

おいが聞きに行った所を見たら、みんなしてわらうかも知れね。

そういうことを考えてしまうと、なかなかイスから立ち上がれません。なんとか立ち上がった時には、他の人が聞きに行ってしまっているのです。

それで、おいは一人で聞きに行くのをあきらめました。なかの良い人が聞きに行ったら、それについていくことにしたのです。

ちょっとかっこ悪いども、仕方ね。

そう思いながら、なかの良い人が聞きに行くのを待っていると、上野君が聞きに行きました。

おいは大急ぎで上野君に近づいて、先生のつくえの前でならびました。すると、上野君がおいの方を向いて言いました。

「田村。どうした？　はら、いたいか？」

おいは、おこったように言い返しました。

「んでね。おいは、先生さ勉強聞きに来たんだ」

上野君はおどろいた顔になって言いました。

「先生、先生。田村、勉強聞きに来たど」

その声があんまり大きかったので、おいはクラス中に聞こえたと思いました。それで、クラス中の人がだが見てるかも知れねと思うとおいの顔はあっつくなりました。あがってしまったのです。

「田村君。えらい」

と、先生がほがらかに言いました。

すると、上野君が
「田村。先にきいてもいいどぉ」

と、じゅん番をゆずってくれました。

おいは算数の教科書を出したのですが、あがってしまってきく所を見つけられませんでした。それで、ますますあせって、あっちめくったりこっちめくったりしていると、上野君が
「見せれ」

と、おいの教科書を開いて言いました。

「今、習ってる所、ここだべ」

そこに、おいがきのう書いたしるしがありました。おいは、助かりました。

「あった。あった。ここだ。ここだ」

おいは、むちゅうで先生にききました。

「あのしゃぁ、先生。この問題しゃぁ。分数で式作るとこまで分がったども、式はこれでいいべが」

先生はおいがきくたびにうんうんとうなずいて、やさしく教えてくれました。おい一人だけが先生に教えてもらっているのです。おいは、すごくいい気持ちになりました。

上野君いねば、もっといいのに。

おいは助けてもらったこともわすれて、そう思いました。

それから二回なかの良い人について聞きに行った後で、おいは一人で聞きに行けるようになりました。

一人だけで教えてもらえる時間が、毎日できました。

ある夜、おいはゆめを見ました。

おいは死んだおんばの家のうらを流れている川で、舟に乗って遊んでいました。すると、舟をうかべている川の流れが全部へびになってしまったのです。ものすごい数のへびが波のようになって動いているその上に舟が乗っているのです。

おいはビックリして、たいへんだ。どしたらいいべが。

そう思った所で、ゆめからさめました。

次の日、おいは休み時間にそのことを先生に話しました。

すると、先生は

「へびのゆめを見ると良いことがあるのよ。きっと田村君にも良いことがあるわ」

と、にっこりわらって言いました。

その顔は、今までで一番やさしい顔だと思いました。おいは、何か良いことがあるかも知れないという気持ちになりました。

それから一週間くらいした、じゅ業時間中のことです。先生はおいがだに自習をさせながら、一人ずつよんで何か話をしていました。よばれている人はみんな勉強が良くできて、たい度もキチンとしている人ばかりです。

それで、おいは思いました。

しゅう業式で、しょうじょうもらう話でねべが。へば（それなら）、おいにはかんけいね。そう思って自習していると

「田村君」

と、よばれたような気がしました。

それでも、おいはよばれるとは考えていなかったので、聞きまちがいだべと思って、自習を続けていました。

「田村。先生よばてるど」

だれかがそう言うのであわてて先生の方を向くと、先生はおいを見て、そうですよ、という感じでうんと首をふりました。それで、おいはバネのようにビョンと立ち上がりました。

先生のつくえの前に行くと、先生はにっこりわらって言いました。

「田村君。がんばったから、今度しょうじょうもらえることになったの。これからもがんばってね」

おいは、大きな声でこたえました。

「うん。がんばる」

だけど、せきにもどってから、これだば、こまったと、思いました。

なしてだがと言うと、しょうじょうをもらうのは大変なことだからです。一年に三回しかないしゅう業式だから、全校生徒が体そう場に集まってシーンとした中で、クラスから五人だけの人が名前をよばれます。

するど、よばれた人はキリッとした声で

「はい」

と、こたえて立ち上がります。その立ち上がり方もビシッとしていて、立ち上がった後も両手をしっかりと体の横に着けたままカチッとしたしせいで立ち続けています。それから、六年生の人が代表してしょうじょうをもらって自分のいた所にもどってすわると、今まで立っていた人がだもいっしょにドッとすわるのです。

それを見るたびに、おいはいっつも思っていました。

練習もしてないのに、よくできるな。やっぱり、あの人がだはちがう。頭が良くて、キチッとしてるんだ。ああいうことは、おいにはとってもできね。

それで、先生にたのんで、しょうじょうごめんしてもらうがなと、考えたりしました。

それなのに、おいはばかけで、家に帰ってからしょうじょうもらうことを母さんにしゃべってしまったのです。それで、父さんが帰ってくると、母さんはすぐにそのことをしゃべってしまいました。それを聞くと、父さんはパッと顔が明るくなって
「きよし。しょうじょう、もらうってが。いつだ?」

と、ききました。

今母さんからきいたばっかしだべとおいは思いましたが、また同じことをことを答えました。それなのに、父さんはばんごはんを食べてる間に同じことを三回も聞きました。

おいは、明日になればわすれてくれるかも知れないと思いましたが、それもだめでした。

父さんは、次の日になってもばんごはんの時に同じことをきいてくるのです。

これだば、しょうじょうごめんしてもらうのだめだなと、思いました。

へば（それなら）、どうしたらいいべ
一生けん命考えて、

「よしっ」

と、おいは決心しました。

しゅう業式まで一週間あるから、あの人がだみだいにちゃんとやれるように練習してみるべ。

おいは、家の中にだれもいない時間を見つけて練習を始めました。さいしょは「はい」と声を出すだけの練習でしたが、次は「はい」と言ってからビシッとしたしせいで立つ練習をしました。その次は、「田村きよし」と自分でよんでから「はい」と言って立ち上がって、少しの間カチッとしたしせいで立ちつづけた後でドッとすわる練習をしました。

練習を始めてから、三日目くらいにはだいぶできるようになりました。

これだば、やれるかも知れね。もう一息だ。

そう思ってますますねっ心に練習していたので、その日はだれかが帰ってこないかと気をつけるのをわすれてしまっていました。

「田村きよし」と言って「はい」と立ち上がったら、ガラッとふすまがあいて

「さっきから、何やってらた？」

と、母さんが言いました。

おいは、ビックリして聞きました。

「さっきから、聞いでらたか？」

「んだて、ずーっと聞こえてらたもの」

これだば正直に言うしかねえなあと思ったけど、そのとおり言うとこまったことになるのでだまっていました。

そしたら、母さんの方から先に言ってきました。

「しょうじょうもらう練習してるんだが？」

しかたなく
「うん」

と、こたえると
「へば、母さん手伝ってやるから、やってみらんせ」

と、言うのです。

おいがこまったことになる、といったのはこのことなのです。母さんは手つだうと言ったけど、やり始めると自分の方がねっ心になってしまって、自分が良いと思うまでやめないということを、おいは知っているのです。だけど、おいがそういうふうに思っているこ

とを全ぜん考えていない母さんは、ひざをおってすわると
「名前よんでやるから、やってみらんせ」

と言って、さっさと練習を始めました。

思ったとおり、もっとキリッとした声で返事さねばだめだだの、返事するのが早すぎるだのおそすぎるだの、もう少しむねはってみれだの、細かいことをいっぱい言いながら、休みなしでつづけました。

そうしているうちに弟たちが帰ってきて、何してるんだべが、という顔でこっちを見ているので、おいもそれを気にしてそっちを見たりするけど、母さんはなんにも気にしない感じで、父さんが帰ってくるまで練習をつづけました。それだけでなく、次の日には学校から帰ってから父さんが帰ってくるまでずっと練習させられたので、おいはしっかりくたびれてしまいました。

だけども、そのおかげで何も考えなくてもすーっとやれるくらいになって、おいは自しんがつきました。

母さんも
「もう大じょうぶだ。あとは大きな声で元気よくやることだ」

と、言いました。

そう言えば、おじさも男わらすだばおっきだ声出して元気よくやらねばならねって言っ

てだなあ、とおいも思い出しました。

自しんができたせいか、おいはしゅう業式の時もあがりませんでした。てい学年からじゅん番によばれていって、いよいよ四年一組の番になりましたが、それでもあがりませんでした。おいは四年一組の五人の中で一番さい後で、前の人はみんなキチッと返事をして立ち上がったので少しきんちょうしましたが、あがるほどではありませんでした。反対に、みんなよりもっと元気にやってやるど、とはり切りました。

それで、その気持ちが強くなりすぎたせいかも知れませんが、おいはものすごくおっきい声を出してしまったようです。それも「ハイッ」とみじかくこたえないで、「ハアアイ」とのばしてしまいました。

どうもへんだったかなあと、おいは思いました。なしてだがと言うと、返事をした時にだんの上にいた校長先生が首をのばしておいの方を見たからです。おまけに、五年生の女の人がクスクスッと笑うのがきこえました。

おいは、急に心配になって先生の方を見ました。すると、先生はおいの方を見ていて、少しわらいながらゆっくりうんうんと首をふりました。それで、おいは少しへんだったかも知れないけど、うんとへんではなかったと思いました。

しゅう業式が終って教室にもどると、先生がにっこりわらっておいがだに言いました。

「今日の田村君の返事はとても良かったって、校長先生がほめてたわよ。元気があって、いいって」

それで、やっぱりおいの返事は元気が良くてえがったんだと思ったのに、なぜだがクラス中の人がワッとわらったのです。それで、本当はへんだったのかなあと、おいはまた思いました。

後で考えると、どうもへんだったようです。なしてだがと言うと、その後町内で遊ぶ時、まだ全員がそろわない間とかに、「田村きよし」とよんでから「ハアアイ」とおっきい声でこたえて、ふざけ合うのがはやったからです。

先生、かわるなや

春休み中のある日、新聞を読んでいた母さんが言いました。

「あいー。きよしの先生、動くど」

おいは意味が分からないので、聞きました。

「先生が、何かするのが？」

「んだがら、ちがう学校さ」

と、言ってから母さんは

「なもだ（ちがう）。なもだ（ちがう）。なんでもね」

そう言って急に話をやめました。けれども、おいは「ちがう学校」という言葉がハッキリ聞こえたので、また聞きました。

「先生。ちがう学校さ、行くんだが？」

「ちがう学校さ動く先生、いっぱいいるって」

「おいがだの先生も、ちがう学校さ動かたが?」

「なもだよ。おめがだの先生は、動がねよ」

母さんはそう言うと、新聞を持ってとなりの部屋に行ってしまいました。

だけども、おいはうたがっていました。

どうもあの新聞があやしい。あそこに、きっと何か書いてあるど。よし。後でかならず読んでやるから。

そう思っていたのにその日はねてしまって、次の日読もうとしたらその新聞はもう見つかりませんでした。

それから何日かして、出校日がありました。そろそろ終りだなっていうころになってから、だれかが先生にききました。

「先生。五年になっても一組の先生だが?」

「それだば、当りめだべえ」

「んだて、おいの母さん、先生かわるって言ってだどぉ」

「それだけ、うそだてばー」

おいがだが勝手にガヤガヤとしゃべっているのを、先生はだまって見ていました。その先生に向かって、急に大きな声で森山君が言いました。

「先生。田村だっけ、先生かわるって言って、ないたんだど」

「なもだ。なもだ。おいだけ、ないでねどぉ」

「んだて、田村の母さん言ってらったもの」

「んでも、ないでねぇもの」

そしたら、十人くらいの人が
「田村、ないだ」

「田村、ないだ」

と、声を合わせてからかい始めました。

するとおいは本当になきそうになってきました。そういうふうにやられると、おいはなきそうになるのです。おいはなき虫なのです。

そしたら、急に先生が
「ばかね」

と、わらって黒板の方を向きました。

その時、わらい顔がちょっとだけなきそうになったように見えました。

そのまま、先生はおいがだにせ中を向けて立っています。

おいがだはそれが気になって声が低くなりましたが、それでもまだ話を続けていました。

「先生かわれば、おいだっけ校長先生さ、もんくつけに行くんだもの」

「そんたにいばるんだば(なら)、かわる前に行ってくればいいべしゃ(いいだろ)」

「んだて、かわるが、かわらねが、まだ分がらねもの」

そしたら、先生がゆっくりとおいがだの方を向きました。それから、いつものように、にっこりとわらいながら言いました。

「先生は、いつまでもみんなといっしょです」

それで、おいがだはみんなしてワァーッと声を上げて立ち上がりました。

これで五年生になっても同じ先生だ。おいがだは、そう思って学校から帰りました。

家に帰ってから、おいは母さんに言いました。

「やっぱり、先生かわらねど」

「どうした?」

「きょう、先生しゃべったもの」

それから、おいは先生がなんて言ったか話しましたが、母さんは
「さあ。どうだがなあ。それはかわらねっていう意味だべがにゃあ」

と、言いました。

「んだて、いつまでもいっしょだって言ったもの」

「それは、いつまでもいっしょの気持ちでいるっていう意味でねべがにゃぁ」

「へば、先生うそついたのか?」

「うそ、ついたわけでね。先生もつらがったんだよ」

母さんの言うことは、なーんも分かかね。

おいはそう思って、あとは話をしませんでした。

それで、今度は町内で遊んでいる時に、とく男ちゃんとのぶ夫ちゃんにきいてみました。

そしたら、二人とも同じことを言いました。

「それだば、先生かわるど」

「なして？」

「んだて、先生、五年生になってもやりますって、ハッキリ言わねがったべ」

「んだども、なして、かわりますって言わねがったべが？」

「んだて、そうやってしゃべれば、きよしだっけ、ないでしまうべ」

「んだ」

「それだ。それだ」

そう言ってまわりにいた人がたが、わらい始めました。みんな、おいがすぐなきそうな顔になるのを知っているのです。

その後、少し遠くまで出かけると、同じクラスの人に会うことがありました。すると、
そのたびに
「先生かわるるど」

と、言うのです。

先生だっけ、かわらねど。

おいは無理してそう思おうとしましたが、本当はやっぱり、かわらたべなと、いう気持ちの方がだんだん大きくなってしまいました。

あご、はずいだ

五年生になって初めての日、おいがだはビックリさせられました。教室に入ってきたのが男の先生だったからです。

男の先生に当たるのを、おいがだは予想していませんでした。もしかしたら、予想していた人もいたかも知れませんが、ほとんどの人は予想していなかったと思います。それで、おいの心の中には四年生の時の先生でなくてガッカリした気持ちといっしょに、男の先生だったらおもしろいかも知れないという気持ちが一度に出てきました。

新しい先生はせは低いけれど、顔が大きく目も大きくて、声も大きい人でした。

その大きい声で

「私は、本当は中学校の先生です」

と、言いました。

中学校の先生がどうして小学校に来たかというと、小学校で覚えなければならないことを覚えないまま中学校に来ている人があまりにも多い、それで小学校ではどういう教え方をしているのかということを、自分で教えながら知ってみたくて来たんだ、というようなことを話しました。

それから、先生も一生けん命やるから君達もがんばれ、と言いました。

たしかに、先生は一生けん命でした。目をバシッと開いて大きな声を出して教えました。大きな声を出すために口も大きく開けました。あんまり大きく開けるので、おいがだは話していました。

「先生。あんなに口開けてつかれねべが?」

「つかれるのはまだいいけど、あごはずれねべが?」

そしたら、五月のある日

「こういう大きな……」

そう言って、大きく口を開けたと思ったら、そのままだまってしまいました。

どしたんだべと、思って見ると、先生は口を開けたまま

「あああ」

「ああああ」

と、声を出していました。

何したんだべが。

少しの間、おいがだはそう思いました。しかし、すぐに気が付きました。大変だ、何かしねばなね、と。

だけども、何をしたらいいか、すぐには思い当りません。

それで、先生が
「あああ、あああ」

と言いながら、自分のあごを指さした時は、とにかく真けんになって
「はい」

と、みんなで返事をしました。

それから、ろう下の方を指さして
「あああ、ああああ」

と言った時も、大きい声を出して返事をしました。

そしたら、先生は口を開けたまま
「あ」

と、うなずいたと思ったら、大急ぎで教室を出てしょく員室の方へ走っていきました。

その時になって、おいがだは多分、あれだなと、思いました。

けれど、口に出してしゃべれば先生に悪いからと思ってがまんしていました。

それなのに、急に大きな声で森山君が言いました。

「先生、あごはずいだのでねがあ」

それがちょうど、がまんしていたけどがまんできなくなったころに言われたもんだから、みんな一度にドッと笑ってしまいました。おいがだは、先生に悪いから笑えばだめだと思いましたが、そう思えば思うほど笑いが止まりませんでした。

先生はそのまま教室にもどってこないで、次の日は休みました。その次の日に教室に入って来た時、おいがだは先生が話し出すのをシィーンとなって待ちました。先生は、ほっぺだのあたりをさすりながら、低い声で言いました。

「いやあ。はずれるもんなんだな……。まだ、ちょっと……、へんなんだよ」

その日は、一日中あんまりしゃべりませんでした。目も、いつものようにバシッと開きませんでした。それで、教室中がシュンとした感じでした。

だけど、その次の日になると目だけはバシッと開きました。

それでおいがだは思いました。

これだば、すぐだ。

思ったとおり、その日は一時間目が始まってから十分くらいすると大きな声を出しました。

「あっ、出しちゃった」

出した後でそう言って、ほっぺたをさわりました。それから、しばらくの間大きい声を出さないようにって、お医者さんに言われてるんだと、いうことを低い声で言いました。

それなのに、二時間目になると
「あっ、出しちゃった」

と言うのが、三回にふえました。

三時間目になると大きい声を出す回数が十回以上になったので、いちいち言わなくなりました。四時間目になると、あごをはずす前と同じようにずーっと大きい声で話し続けたので、おいがだはほっとしました。

先生が一生けん命だったのは、大きい声を出すことだけではありません。何かおもしろいことを言って笑わせようとするのも、一生けん命でした。

たとえば、ねずみが人間の伝せん病を広げることがあるという話をした時は
「ねずみがうつすからチュー毒だって。ハハハ。これはおかしい。チュー」

自分でそう言って、口をとんがらせ、両手を両耳の後ろに持っていって、ねずみのような顔を作りました。

だけども、一番おかしがっているのは先生で、自分でしゃべった後で
「アハハ。これはおかしい。アハハハハ」

と、一人で笑っていました。

それを見ておいがだは、先生があんなに一生けん命笑わせようとしてくれてるのだから、
と思って先生の後から低い声で笑いました。
ごしゃぐ時も先生は一生けん命でした。それにやり方も変わっていました。
おいがだが悪い事をした時、先生はまず、なして悪かったかを話してから
「分かったか。分かったな」
と、言います。
おいがだが
「うん」
と、こたえると
「よし。それじゃー、反省しよう」
そう言って二人ずつ向かい合わせて、頭と頭をぶっつけさせるのです。
だけども、二人とか四人とか六人とかの時は二人ずつになるのですが、三人や五人の時
は一人あまってしまいます。
そういう時はこう言います。
「仕方ない。君は先生とやろう」
それで、あまった人と自分の頭をぶっつけます。それもゴンという音が聞こえるくらい
強くぶっつけるのです。ぶっつけた後はいつも

るのです。
それを見ると、おいがだは、先生が悪いことをしたのではないのにと、いう気持ちにな
それで、本当にいたそうな顔になって、目には涙が出ているような感じになります。
「おお、いたい。いたいもんだなあ」
でした。
先生が一生けん命だったのは、まだあります。それは、おいがだにあだ名を付けること
「君は田村だから、田村まろ……じゃ、ちょっと単じゅんだな。よし、坂の上。これから
は坂の上とよぼう」
こういうふうにして、おいは坂の上というあだ名になりました。これは坂上田村まろか
らとったあだ名なので、おいは少し気分が良くなりました。だけども、みんなが気分が良
かったわけではないようでした。
中山君は名前が徳道だったので徳と道をひっくり返して
「どうとくと呼ぶことにしよう」
と、言われました。
言われた時に、中山君は少し困ったような顔になりました。中山君は困ったかも知れま
せんが、「どうとく」は大はやりになりました。
先生は、あだ名を付けておいがだと仲良くなろうとしたようです。おいがだもせっかく

先生が付けてくれたあだ名だからできるだけ使おうとしましたが、「どうとく」以外はあまりはやりませんでした。

休み時間なしで

一生けん命なのはいいのですが、一生けん命すぎてこまったこともあります。それは休み時間をなくしてしまうことです。

ある日、じゅ業時間が終りごろになると
「うーん」

と、うなってから言いました。

「ここは大事な所だから、とちゅうで切るのはおしい」

聞いたとたんに、おいがだはこういう気がしました。

これはきっと、まずいべ。

すると、思ったとおりの言葉が続きました。

「よし。休み時間なしでこのまま勉強しよう。いいな。いいな」

いいな、いいな、と言われても、おいがだはぜっ対良くありません。

だけども、目ん玉をバシッと開いてそう言われると、だれも
「えぐね（良くない）」

と、言えなくなってしまいました。

すると、先生は勝手に決めてしまいました。

「そうか。いいか。よし。やろう」

そういうことが、五月に入ってから二回もありました。これは、本当に大変なことです。

大体おいは、なして学校に来ているかと言えば、休み時間にみんなと遊ぶのが楽しいから来ているのです。それで、遊ばせてもらっているかわりにじゅ業も受けなければならないと思って、じゅ業時間中教室の中にすわっているのです。

それなのに、休み時間がへらされてじゅ業時間がふえるというのは、本当に良くないことです。それで、おいがだは二回目に休み時間がなくされた日の放課後に話をしました。

「休み時間ねぐされるの。んかな（いやだな）」

「んだ（そうだ）。んか（いやだ）」

「んか（いやだ）」

「んか（いやだ）」

「へば。どっせば、いい？」

「そいだば、決まってるべしゃ」

「どっす？」

「んだがら、先生が〝休み時間なしでやろう。いいな〟って言った時に、えぐねって、おっきい声で言えばいい」

「んだども、そういうこと言えば、先生おこるんでねが？」

「きっと、おこるな」

「んだども、しゃべねばだめだ」

「へば、だれか、しゃべる人いるが？」

「おめ、しゃべれでゃー」

「おいはだめだ。おめ、しゃべれ」

そういうことを言い合って、何も決まらないうちにその日の話は終わりました。だれも良い考えが思い付かなかったからです。

ところが、次の日の放課後にまた集まると、森山君がもう待ってられないという感じで話し出しました。

「おめがだ、おめがだ。いいこと考えた」

「どした？」

「先生が〝休み時間なしで〟と言ったらしゃぁ、その分、次の時間早く終ってけれって言えばいいんでねが」

「あー、それだば、いいなあ」

「べん当も早く食べれるし」

「んだども、それ、だれがしゃべるんだ?」

「おめ、しゃべれ」

「んでね。おめ、しゃべれ」

これならきのうと同じだなあと思った時、森山君が自信たっぷりに言いました。

「うん。それもおいが考えてきた。それはしゃぁ、みんなして、しゃべらずや」

「ああ、んだなあ。それだば、いい。んだども、どうやってやるのか?」

「うん。それも、おいが考えてきた。それはしゃぁ、先生が〝休み時間なしで〟と言った時に、おいが〝はい〟って手を上げるから」

「手を上げて、しゃべってくれるんだが?」

「んん。んでね。おいが手を上げて〝一、二の三〟って言うから、それさ合わせて、みんなして、しゃべればいい」

「うん。それだば、やれるかも知れねな」

「やるが」

「やるべ」

おいがだの気持ちは、もり上がりました。

だけども、それから一週間たっても二週間たっても、先生が「休み時間なしで」と言うことはありませんでした。その間に、おいがだの気持ちはだらけてしまいました。

先生が「休み時間なしで」と言ったのは、ちょうどそういう時でした。

それでも、さすがに森山君は
「はい」

と、手を上げました。

先生は森山君を指差しました。

「はい。森山君」

森山君は、大きな声で言いました。

「一、二の三」

それに続いておいがたは
「休み時間ねぐす分、じゅ業時間早く終らせてください」

と、みんなして言うことになっていました。

けれど、実さいにはだれも声を出しませんでした。

それで、森山君は顔を真っ赤にして、口をギュッとしめました。それから、おこったような顔になっておいがだを見回すと、しゃべってくれそうな人を見付けては手で合図を送りました。だけどやっぱり、だれもなんもしゃべりませんでした。

するると、先生が森山君に向かってやさしく言いました。

「うん？　どうした、森山君。意見があったら遠りょしないで言っていいんだぞ」

森山君は
「あのー、あのー、あのー」

と、くり返した後で言いました。

「田村君が、意見あるそうです」

おいはビックリしましたが、森山君の気持ちは分かりました。森山君はおいと仲の良い友達でした。だから、助けてけれっておいに向かって言ったのだと思いました。

こいだば仕方ね。なんとか、さねばならね。

おいはそう思いました。そしたら、いつの間にか立ち上がっていました。

「おう、田村君か。それはいい。意見を言うのはいいことなんだから。うんうん。遠りょしないで言ってごらん」

先生がやさしく言うのが聞こえました。

やさしく言われると、おいの頭の中はめ茶苦茶になりました。やさしく言われなくてもめ茶苦茶になっていたかも知れないけど、やさしく言われるともっとめ茶苦茶になりました。

けれども、おいが言うことはなんだが、っていうことは分かっていました。この間みんなで話した通りのことを言えばいいのです。それで、ともかく声を出しました。

「それはしゃぁ」

「うん」

先生がこたえた時、「あっあっ」とせきが出ました。そのせきがしっかり止まらないうちに、おいはしゃべり出してしまっていました。

「あっあっ、休み時間ねぐしても、あっあっ」

「ははは。田村君。ゆっくり、ゆっくり。落ち着いて。いいね」

先生にやさしく言われて、おいはますます頭の中がめ茶苦茶になりました。だけど、それでもしゃべらねばならないと思いました。

「んだがらしゃぁ、あっあっ、次の時間、ごふ、ごふ」

一生けん命しゃべろうとすればするほど、せきは止まらないし、頭はめ茶苦茶になっていきました。それで、おいはだんだん泣きそうになってきました。

「田村君、先生は何もおこってなんかいないんだよ」

それは、おいも良く分かっていました。だから、なんとかしゃべろうとしているのです。

「うん。んだがらしゃぁ、そいでしゃぁ。あっあっ」

その時、古川君が手を上げました。それを見て、おいは少し安心しました。なしてだがと言うと、古川君の家は父さんも母さんもおばあさんもみんな標準語でしゃべるせいか、古川君は一組で一人だけ標準語でしゃべれて、発表がとてもうまい人だからです。

先生が

「はい。古川君」

と指すと、古川君はすらすらとしゃべり始めました。

「田村君の言いたいことはねぇ、休み時間がなくされた分だけねぇー、えーと、えーとねぇ、次のじゅ業時間をね、早く終ってって、そういうことだよねぇ」

おいは、ビックリしました。おいが思っていたより、ずっとうまくしゃべったのです。おいだけではありません。先生も「あっ」としばらく口をあけていました。クラスの人がたもしばらくだまっていました。

少ししてから、だれかがパチパチパチと手をたたきました。そしたら、みんなが手をたたきました。立っていたおいだけがまだ手をたたいていないのに気が付いて、おいもおくれて手をたたきました。

「あ、そうか」

先生もそう言ってから

「くしゅん、くしゅん」

と、くしゃみをして手をたたきました。そいで、教室中が笑いました。

その中でも先生が一番大きな声で最後まで笑って、笑いながら言いました。

「あっははは。そうか。やっぱり休みがほしいか。田村君。あっははは。それはそうだな、田村君。うん。次の時間は十分早く終ろう」

そいで、その日は四時間目が十分早く終って、その分だけ早くべん当が食べられて、その分だけ昼休みを長く遊ぶことができました。

これだば、いい。これだば、「休み時間なしで」をやってもらった方がいい。おいがだは、そう思いました。

だけども、「休み時間なしで」はそれから二回しかありませんでした。

どうして「休み時間なしで」をやらなくなったのかということは、おいがだには分かりません。

飛び箱

何でも一生けん命な先生ですが、体育の時間だけは全然たい度がちがいました。

ぶらぶらぶらぶらとグランドまで歩いて来て、待っていたおいがだに言いました。

「何、やろうか?」

おいの父さんが散歩に行く時
と、きくのと同じような感じです。

「どごさ行きたいが?」

おいがだは、

「野球」

「野球」

と、大きな声で言いました。

本当は、女の人がたも何かやりたいことがあるのかも知れませんが、だまっていたので全員が野球をやりたがっているような感じになりました。それで、先生は仕方なさそうな顔で言いました。

「うん。それじゃ、野球だ」

おいがだは「ワァー」と大きい声を上げて自分が守りたい所まで走っていってから、先生を見て、あれ？　と思いました。先生が、グランドとは反対の方に向かって歩いていたからです。

おいがだは、大あわてで声を出しました。

「先生。ノック、ノック」

先生はこまったような顔をして
「いい。いい」

と、手を横にふりました。

それでもおいがだは走っていって、先生を取り囲みました。それから
「ノック」

「ノック」

と言いながら、無理矢理ホームベースの横までつれていきました。

先生は、ますますこまった顔になって言いました。

「先生はへただぞ」

それでも、おいがだは思っていました。

おとなでも子どもでも、男で野球できない人だっけ（なんか）、いるはずね。へたでも少しはできるべ。

おいがだは、先生にバットを持っていきました。

「まいったな」

そう言いながら、先生はワイシャツのうでをまくりました。

「やらた（やるんだ）」

「やらた（やるんだ）」

おいがだは、そう言って喜びました。

バットを受け取ると、先生はバッターボックスに立ってバッターのようにかまえました。

「先生。バッターでねぐ、ノック、ノック」

「あ、そうか」

先生はそう言ったきり、しばらく立ったままでした。

それから
「だれか、やってみせて」

と、言いました。

それで、吉井君がサードに向かってノックを三球しました。

それを見て、先生が言いました。

「うまいな。吉井君。ノックは君がやれ」

それでも、おいがだは言いました。

「やっぱり、先生」

「先生でねば、だめだ」

それで、先生は吉井君からバットを受け取りました。おいがだは大急ぎで守る場所に走りました。

ようやく、先生はノックを始めました。けれども、バットはボールに一回も当りません。なしてだがと言うと、先生はボールをちょっとしか上に放らないからです。だから、バットをふった時にはボールが地面近くまで落ちてしまっているのです。

おいがだは、ボールをもっと高く放り上げなければならないということを言いました。するど、先生はボールを高く放り上げ始めたのですが、今度はボールがあまり高すぎたりバットがとどかない方に行ったりしました。

すると、吉井君が言いました。

「先生。バット短く持って」

先生はバットを短く持ち直しましたが、それでも当りません。

「先生。もっと短く」

先生はバットをもっと短く持ち直しましたが、それでも当りません。

「先生。もっと」

そういうことをくり返して、先生がとうとうバットの真中あたりを持ってふった時、ポッと低い音がしてボールがコロコロと転がりました。

「できた。できた」

おいがだは、喜びました。

この調子でやっていれば、先生がノックをできるようになると思いました。けれど、先生はバットの真中あたりを持ったままノックを続けるので、ボールはいつまでもポッと弱くしか当らないでコロコロと少ししか転がりません。転がっていくのは、サードの方ばっかりです。

サードを守っている岩崎君はそのたびに走ってきてボールをとるとファーストに投げるのですが、それが七回も八回も続くと岩崎君はつかれてしまったようです。

おいがだも、これだば無理だがなあと、思いました。

そしたら、とうとう吉井君が言いました。

「先生。やっぱり、おれやる。おれ、やるから」

先生は、うれしそうな顔でバットを吉井君にわたしました。

吉井君がノックを始めると

「うまい。うまい。これはたいしたものだ」

そう言ってほめながらしばらく見ていましたが、その後はグランドのあっちこっちを歩き始めました。しまいには、グランドのすみっこの方に生えているたんぽぽをしゃがみこんで見始めました。それを見て集まってきた女の人がだと、何か一生けん命しゃべっています。それをチラッと見ながら、おいがだは勝手に野球を続けました。

その次の体育の時間に、おいがだはききました。

「先生。きょうも野球で、いい?」

「うん。野球でいい」

そういうことで、最初から吉井君のノックで野球が始まると、先生はグランドをあっちこっち行ったり来たりした後、音楽室の外の草を取り始めました。すると、女の人がだが集まってきて、いっしょにしゃべったり笑ったりしていました。

そういうことが四、五回続いた後の体育の時間に、先生はグランドに向かっていたおいがだを体そう場に集めて言いました。

「きょうは、ラジオ体そうをやろう」

それから、ラジオ体そうがうまい人はだれかとか、前に出てやる人はいないかとか、とききましたが、手をあげる人はいませんでした。

そしたら、先生は言いました。

「よし。元気の良い森山君。君が前に出てやりなさい」

それで、森山君は前に出て、おいがだの方に向かって大きな声を出しました。

「ラジオ体そう第一ぃ、いっちにーのーさん」

その声に合わせて、おいがだはラジオ体そうをやりました。

先生もおいがだの横で
「おいちにーのー」

と、声を出しながらやっていましたが、何だかガキガキッとした感じで時々まちがったりもしていました。ラジオ体そうが終ると、さあ、次は何やるのかなあと、おいがだは思いました。

すると、先生はバシッと目を開いて言いました。

「よし。きょうは、すもうをやろう」

そいで、おいがだは「ワァー」と声を出して喜びました。体育の時間にすもうをとるのは、初めてだったからです。

「ところで、どこでやるかな?」

先生にきかれて、おいがだは
「ここ。ここ」

と、指差しました。

おいがだは、休み時間にすもうをとる時、バスケットボール用の丸い白線を土ひょうの代わりにしていたのです。

「うん。これはちょうどいい」

そう言って、先生は白線の円の回りにおいがだを丸くすわらせました。女の人は内側で男は外側でした。けれど、すもうをとるのは男だけで、女の人がだはそれを見ているだけでした。

すもうはせの低い方から順番にとりました。先生は、行司をやって勝敗が決まるたびに熱心に説明をしました。

おいが勝った時は
「今のは、横づなとちにしきが使う二枚げりというわざで、むずかしいわざだ」

と言って、おいをほめました。

だけども、おいの方はそういうことを考えてやったのではないので、少しはずかしい感じがしました。

その次の体育の時間もすもうでしたが、そのまた次の体育の時間にはビックリすることを言いました。

「きょうは飛び箱をやろう」

おいがだは、喜んでききました。

「先生。何だん？」

「うーん。三だん」

「先生。三だんだっけ、二年生だ」

「じゃあ。五だん」

「五だんは、四年生」

「そうか。すると、五年生は六だんだな。よし。六だんの飛び箱を運んでこよう」

それで、おいがだは飛び箱とマットを運んできました。

先生が

「じゃあ。飛べ」

と、言ったのでおいがだは男も女もせの高い人も低い人も関係なく、飛びたい順にならんでどんどん飛び始めました。

四年の時より一だん高くなったのですが、五人くらいの人をのぞいてみんな飛びました。

おいも飛びました。

おいは飛び箱が大好きでした。なしてだかと言うと、飛び箱に手を着けてからマットにおりるまでの間にふわっと空中にうかんだみたいになるのが、すごく気持ちいいからです。

おいがだが二回ずつ飛び終ると、先生は

「よぉーし。やめ」

と言って、おいがだを集めました。

「これから、こういうのをやる」

そう言って説明したのは、ジャンプした後で飛び箱の上を一回転してマットにおりるということでした。これまでのようにただ飛ぶのとちがって、だいぶむずかしいと思いました。

だから、先生が
「だれか、できる人」

と聞いても、だれも手を上げませんでした。

それなのに、おいは
「はい」

と、手を上げてしまいました。

おいは、ばかけなのです。泣き虫なくせに、時々こういうことをやってしまうのです。

本当は、おいもむずかしいと思っていました。だけど、体育の時間になるとおいはいつもよりうんと元気になるし、それに飛び箱を二回飛んだのでいい気持ちになっていました。

それで、おいはなんとかなるべという気持ちになって、うっかり手を上げてしまったのです。

すると、先生が
「おう。坂の上。やるか」

と、言いました。

おいは、本当は手を上げてから、しまったと、思っていたのですが、もうやるしかありません。

それで、「うん」というふうに、だまって首をふりました。

「よし。やれ」

先生が言いました。

それで、おいは考えました。

ただ飛ぶ時より速く走って高くはねねば、ならね。後は、マット運動やる時みたいにうまく回ればいい。

そう考えて思い切ってやってみると、体は飛び箱の上でうまく回転してマットの上にポトッとおりました。けれど、どうもまっすぐ回転しなかったようです。おいの体は飛び箱の左すみのあたりから、マットの左すみのあたりにおりたのです。

飛び箱の横で、それを見ていた先生が言いました。

「うーん。坂の上。良くがんばった。うーん。だけどまっすぐいかなかった。いいか。坂の上。まっすぐいくためには、手をまっすぐこう置いて、こう、まっすぐ、こう……。よし。先生がやってみせよう」

それを聞いて、おいがだは思いました。

大じょう夫だべが。ノックだってあんたにへたなのに。んだども、中学校から来たのだから、本当はうまいのかも知れないし……。

そう思っている間に、先生はバシッと目を開いて走り出しました。はねて、飛び箱の上で体を回転させました。けれど、回転する方向はおいよりまっすぐでなくて、飛び箱の横のゆかの上におしりからゴツッと落ちてしまいました。そのまま、先生は動きません。

おいがだが大あわてで先生のそばに行くと、先生はこしのあたりに手を当てながらようやっとの感じで言いました。

「保健室の……、先生を……」

大急ぎで保健室の先生をよんでくると、保健室の女の先生はすぐにしょく員室に走っていって二人の男の先生をつれてきました。先生は、その二人の先生に両側から持ち上げられるられるようにして立ち上がると、そのままのかっこうでそろりそろりと歩いていきました。

その後、教頭先生がやってきて、体育のじゅ業はこれで終りだから教室にもどりなさい、というようなことを言いました。飛び箱とマットをかたづけてから教室にもどって自習をしている間、おいがだは先生のことが気になりました。

それで、だれかが言いました。

「田村がまちがったから、先生も落ちてしまったんだで」

「んだ。田村だっけ、坂の上でねぐ、坂の下だ」

先生のことを気にしているわりには、みんな大きい声で笑いました。

それから、おいはしばらく「坂の下」とよばれました。おいは「坂の上」は少し気に入っていましたが、「坂の下」はこまりました。一ヶ月くらいたつと「坂の下」とよばれなくなりましたが、「坂の上」とよばれることも少なくなりました。

その日は一日中自習でしたが、次の日には先生が出てきて時々おしりをなでながらじゅ業をしました。

みんなが見える

二学期になると、先生はもっとビックリすることをやりました。

まずやったのは、つくえのならべ方を変えたことです。

それまでは全員が黒板に向かってつくえをならべていましたが、今度は教室の真中を空けて、三分の一ずつの人が、まどととなりの教室のかべとろう下をせにしてつくえをならべたのです。

今までは、自分の後ろにすわっている人はふりむかないと見えませんでしたが、今度はふり向かなくても大体全部の人が見えました。授業中だれが手を上げているか、どんな顔で話しているのかということがみんな分かるのです。

先生はだれかが発表すると

「今のでいいか？」とか、

「付け加える人はいないか?」

と、ききました。

すると、別の人が手を上げてちがった意見を言ったりします。

「ほう。そういう考えもあるか。他にはいない?」

それで、また別の人が手を上げます。

こんな感じで、いろんな考えを前より発表するようになりました。それに前よりたくさん発表するようになりました。それはなしてだがと言うと、自分の発表をみんなが見ているというのが分かるので、発表することにはり合いがあったからです。おいも、前より発表するようになりました。

だけど、このつくえのならべ方になってもっと楽しかったのは別のことでした。おいは、じゅ業時間中にたいくつしてくると仲の良い友達に目で合図を送りました。友達はそれに気が付くと、休み時間どこで遊ぶかとか何して遊ぶかということを、手で合図を送ってよこしました。それで、おいもそれでいいとかだめだということを、手の合図で伝えました。

そういうことをするのはよくないということは、おいも分かっていました。けれど、始めてしまうと、もうやめられなくなりました。先生に気が付かれないように合図を送って送り返されて、合図の意味が分かって両方で「うん」と小さく首をふった時には、胸の中がくすぐったくなって笑い出したくなるほど楽しかったのです。

それに、こっちでやりたくなくても、あっちから合図が送られてくればやらないわけにはいきません。やらなかったりすれば、友達でねえみたいだと後で言われてしまいます。それで、良くないと思ってたまにはもうやめようと思ったりするのに、やる回数はだんだん増えていきました。

回数だけではなくてやる相手も広がっていって、いつもはいっしょに遊んだりしない人とも合図を送ったり送られたりするようになりました。合図の仕方も、手だけではなく顔でおもしろい顔やおこった顔を作ったりするようになりました。

だけども、ある日こういうことがありました。

その時、おいはろう下をせにしてすわっていました。だから、先生や黒板を見るためには顔を右の方に向けることになります。だから、ほとんどの時間は右の方を向いていたのです。けれど、その日はなんとなく左の方を向きました。そしたら、清川さんと目が合ったのです。

清川さんは、となりの教室のかべをせにしてすわっていますから、先生や黒板を見るためにはまっすぐ前を見ることになります。まっすぐ前を見ていた清川さんがなんとなくこっちを見た目と、なんとなく左の方を見たおいの目が合ったのです。

そしたら、清川さんがにこっと笑いました。おいも、つられて笑いました。笑った後で、おいの心はほわんほわんになりました。それで、あわてて下を向いてしまいました。もう一回清川さんの方を見ると、清川さんは先生の方を見ていてもう目を合わせることができませんでした。

それから、おいはじゅ業がたいくつになると清川さんの方を見ました。すると、何回かに一度は清川さんと目を合わせることができました。そういう時、おいはできるだけ長く清川さんと目を合わせようとして、ひょっとこのような顔とかアップップーとほっぺたをふくらませた顔とか、そういうおもしろい顔を作りました。そしたら、清川さんもクスクスッと笑っておいの方を見ていました。

それで、おいは気持ちが良くなって時々そういうことをやっていたのですが、ある日いつものようにクスクスッと笑っていた清川さんが急に下を向きました。

おいは、なしてだべと、思いましたが、よし、これなら、どうだと、いうつもりでもっとすごい顔をしてみせました。

そしたら、清川さんは顔を少し上げてクスッと笑ったと思ったら、すぐ下に向けました。

おいは、おかしいなあと思いながら、またこっけいな顔をしてみせました。

そしたら、おいの周りから笑い声がおこりました。

これは、おかしい。

そう思ってふり向くと、いつの間にかつくえの右後ろに先生が立っていました。

そして、笑いながら

「コラッ」

と言って、おいの頭をコツンとげんこつでたたきました。

おいがビックリして前を向くと、クラス中が笑い出しました。いつも合図を送ってくる友達も大きく口を開けて笑っていました。清川さんも下を向いてクスクスッと笑っていました。先生も「ワッハッハ」と声を出して、天じょうを向いて笑っていました。

どうしてかは分かりませんが、おいも「えへへ」と笑いました。本当ははずかしくてはずかしくてこまってしまっていたのですが、笑ってしまったのです。

そしたら、それを見てみんなはもっと笑いました。笑い声はかえって大きくなりました。それで、なかなか終りません。おいは、本当にこまりました。もう、教室からにげていきたいと思いました。そしたら、先生が教だんの方に歩き出しながら言いました。

「よし。終り。勉強始めよう」

それで、笑うのはしずまりました。けれど、時々「イヒヒ」と思い出し笑いをする人がいました。すると、つられて「ヒッヒッ」と笑う人もいました。おいは、走っていってその人がただの頭をガツンとぶんなぐってやろうかと思いました。だけど、笑いの元がおいだということは、分かっていました。だから、おいはがまんしました。

その日は一日中おとなしくしていて、友達に合図を送ったりしませんでした。次の日になるとおいは元気になりましたが、やっぱり合図を送ったりしませんでした。次の日も、その次の日も、合図を送ったりしませんでした。そうしている間にいつの間にか合図を送ったりしなくなりました。

発表の時間

十月になると、先生は「発表の時間」というのを始めました。毎日一時間目の最初に、なんでも好きなことを発表してもいいというのでした。

えがったと、おいは思いました。

なしてだがと言うと、おいは人の話をだまって聞いているのがだめだからです。体育の時間みたいに体を動かすとか、算数の時みたいに問題をとくために手を動かすとか、何か体を動かしている時はいいのですが、だまって人の話を聞いているのはたいくつでした。それでも社会の時間の戦いの話みたいにワクワクしてきいている時は良かったのですが、そうでない時はねむくなってきたりしました。

だから、おいは、先生が

「はい。分かった人？」

と、きくと必ず手を上げました。

手を上げていても、答ができているわけではありません。とにかく手を上げているとねむくならなかったからです。もし先生に指されても、指されるまでの間に答を考えればいいと思っていました。たまに答ができてない時に指されたこともありましたが、そういう時は思い付いたことをいろいろしゃべっているとなんとかなりました。

そういうふうにおいは人の話をだまって聞いているのがだめなのですが、自由に話しなさいというのですから、おいは大喜びでした。

だけど、話すことはすぐには思い付きません。

それなのに古川君は、先生が
「はい。発表したい人」

と言うと、すぐ手を上げてすらすらと発表しました。

大体、父さん母さんおばあさんや町内のことでしたが、その話がすごく面白いのです。おいも古川君の後から手を上げました。おいは古川君とは友達でしたが負けたくないという気持ちもありました。それに、おいは泣き虫なくせに目立ちたがり屋なのです。みんなの前で発表するのが好きでした。

けれども、おいが話し始めると
「んーとしゃ。えーとしゃ」

という言葉ばっかしで、話したい言葉が出てきません。

それで、先生が言いました。

「田村君の場合はね。まず何を話したいかを考えること、それからどういう順序で話すかを整理することが必要だね」

それを聞いて、おいは成るほどと思いました。

んだども、どうしたら話したいことを見付けられるべが、そう思った時に、いいことに気が付きました。朝、顔を洗っているときにやっている、「今日の歴史」というラジオの番組がありました。

あの番組で聞いたことを、しゃべってみるかな。

んだども、ちょっと、ずるいべが。

そう思いましたが、古川君のようにうまく話せるためにはこれしかありませんでした。それで、「今日の歴史」で聞いたことを思い出してから、わすれないうちにパッと手を上げて話すとうまく話せました。

こいだば、いい。

おいはそう思って、毎日それを続けました。

そしたら、先生が言いました。

「田村君は、よく歴史を知ってるねえ。どうしたの？　本を読んだの？」

「うん」

「どういう本を読んだの？」

「源平盛衰記」

本当は読んでいませんでしたが、その本が図書室にあることは知っていました。

「ほう。それはすごい。田村君はもう『源平盛衰記』を読んでいるんだ。みんなも田村君のようによく本を読んで発表するようにしよう」

おいは物すごくはずかしかったのですが、もう読んだことにするしかありませんでした。それで、おいはわざとえらそうな顔をしていました。けれども、心の中はその日のじゅ業中ずーっとハラハラしていました。

それで、おいは放課後になるとすぐ図書館に走っていって、急いで「源平盛衰記」を見付けました。それから、みんなに見付からないように低い声でその本を借りるとすぐカバンの中にしまいました。走って家に帰って読み始めると、すごく面白いのです。おいは元々さむらいの戦いの話を聞くのが大好きでしたが、そういうのを読むのも楽しいんだと思いました。

その本を読んでビックリしたのは、おいはそれまで源平の戦いというのは最初に平家が物すごくいばっていたので、源義経などにやっつけられたことだと思っていたのにそれだけではなかったことでした。その前に平治の乱というのがあって、そのまた前に保元の乱というのがあったのです。だから、読んでも読んでも源義経はなかなか出てこないのです。だけど、源義経が出てくる前もすごく面白くて、おいはワクワクしながら読みました。それに、この本に書いてあることはそのまま「発表の時間」に話せることばっかりでした。

これだば、いい。

おいはそう思って一生けん命読んでから、読んだことに自分の思ったことを加えて次の日に発表しました。

「源平の戦いというと、おいがだは源義経が勝った戦いのことを考えますが、そうではありません。その前に平治の乱というのがあって、そのまた前に保元の乱というのがありました。この保元の乱というのが源氏と平家の長い戦いの始まりだったのです。

ビックリするのは、後で戦うことになる源義経の父さんと平清盛がこの時は味方どうしだったということです」

本当はこういうふうにスラスラ話せたのではなくて、いっぱいつっかえて、そのたびに「んーと」だの

「あのしゃー」

だのと言ったのです。

だけども、めずらしくおいがまとまった話ができたので、みんな

「へーえ」

と、いう顔をしていました。

おいは

「しめた」

と、思いました。

それで、このやり方を続けました。すると、おいの発表はだんだんうまくなっていきました。なしてだがと言うと、先生が言った何を話すかということと、どういう順序で話すかということが少しずつまとめられるようになってきたからです。

そうすると、今度は発表したいことがだんだんふえてきて、一回で発表する時間も長くなってきました。それで、ある日おいは思い切って二回発表してみました。二回目に手を上げた時、古川君はビックリしたような顔をしておいの方を見て、おいの発表が終わるとすぐに手を上げました。それで、その日からおいも古川君も二回ずつ発表するようになりました。

そうしている間に、おいは「源平盛衰記」を読み終ってしまいました。

これは、こまったな。

そう思いながら図書室にその本を返しにいくと、「源平盛衰記」が置いてあった横に「太平記」という本がありました。それは「源平盛衰記」よりずっとあつくてりっぱな本でした。おまけに、しっかりしたケースに入っていました。

どっすべが。

おいはまよいましたが、思い切って借りてみました。

読んでみると、最初は少したいくつでしたが、だんだんワクワクするように面白くなってきました。それに、「源平盛衰記」より発表するものがもっと多くありました。それで、おいはとうとう三回発表してみました。古川君はやっぱりビックリした顔でおいの方を見ましたが、手は上げませんでした。次の日もおいは三回発表しましたが、古川君は二回でした。それから、おいが三回で古川君が二回というのが続きました。

そうすると、おいはだんだん落ち着かなくなりました。なしてだがと言うと、古川君は父さんや母さん、おばあさんや町内のことを一生けん命話にまとめているのに、おいの方は元々本にまとめられていることをただ話しているだけなのです。

こいは、不公平でねべが。

おいはそう思いました。

それで、おいは学校から帰る時、古川君に言いました。

「本当はしゃぁ、おいは、本を読んで発表してらた。おめも、本読んで発表さねが」

するると、古川君はギロッとおいの顔をにらんで、言いました。

「いやだ」

「なして?」

「ずるいもの」

「なして？」

「本を読んで発表するのは、反則だよ」

「んだて……」

おいは何かしゃべろうとしたのですが、言葉が出てきませんでした。

古川君はクルッとあっちを向くと、そのまま一人で帰ってしまいました。こんなことは今まではありませんでした。けんかをした時でも、口げんかをしながら二人で帰っていたのです。

おいは、急にさびしくなりました。古川君に悪いことをしているような気持ちになりました。

それで、おいは「太平記」のことを発表するのをやめました。「太平記」の代わりに、古川君と同じく父さんや母さん、町内のことを発表しようと思いました。だけど、そう思っても急にそういうふうに変わることはできません。二日の間、発表の時間になってもおいはだまったままでした。

すると、みんなが、どした？　という顔で、おいを見ました。

先生もききました。

「田村君は、いいのか？」

おいは、だまって
「うん」

と、いうふうに首をふりました。

「田村が元気がないと、こまるぞ」

先生にそう言われて、おいは思いました。

よし。あしたは発表するど。古川君みたいにうまくなくても、いいんだ。父さんのこと、母さんのこと、そいから、こっちゃん、とそちゃん、とく男ちゃん、のぶ夫ちゃんって順番に発表していくだけでも、六回もできる。

それから、おいは父さんのことで何を発表するかを考えました。

次の日、おいは発表の時間の最初に手を上げました。

「よし。田村君」

「今日は、父さんが話してくれたことを発表します。父さんの話だと、おいの家は坂上田村まろの子孫だそうです。なしてだかと言うと、おいの家のもんは五三のきりというもんで、坂上田村まろのもんと同じということがあります。そいがら、父さんの生まれた部落はみんな田村というみょう字ですが、そういう部落は秋田県山本郡に三つあって、この三つの部落は昔は親せきみたいに付き合っていたそうです。

それに父さんの生まれた部落は牡丹という花の名前が付いていますが、もう二つの部落もやっぱり花の名前が付いているそうです。それはなしてだかと言うと、坂上田村まろが自分の子どもが生まれた記念に花の名前を付けたからだそうです。
これは父さんが言ってた話ですが、本当かどうか、おいは分かりません。大人になったらたしかめてみようと思います。

「本当はこういうふうにすらすら話せたのではありません。やっぱり「んーと」だの「あのしゃぁ」だのを何回も言って、つっかえつっかえしゃべったのです。

それでもみんな、「源平盛衰記」や「太平記」の話をした時よりもうんと一生けん命きいてくれました。

それで、おいは思いました。

やっぱり、本に書いてあることをしゃべるより、いいんだべが。

先生も、言いました。

「ほうー。そんな話があったの。面白い話だね」

古川君はおいの方をギロッと見てから、ニヤッと笑いました。それから、白い歯を出したままパチパチと二回手をたたきました。

父さんのことを発表してえがったと、おいは思いました。

この先生、おべでる

その日は五年生最後の日でした。もう放課後でしたが、おいがだのはんはそうじ当番で残っていました。そうじはとっくに終っているのに、先生がどこにいるのか分からないので帰れないでいるのです。はんのうちの何人かはもう家に帰ってしまって、おいと平山君と石川君だけが待っているのですが、先生はなかなか教室に来てくれません。

そこに別の男の先生が来て、ききました。

「君達の先生はどこにいるか、知ってる？」

「分かりません。そうじが終ったので、おいがだもさがしているのです」

「そうか。それじゃ、先生には私が言っておくから、もう帰っていいよ」

それで、おいがだは学校から帰りました。帰り道、おいがだはさっき来た先生の話をしました。

「おめがだ。あの先生のこと、おべでる（知ってる）？」

「知らね」

「おいは、おべでる」

それで、おいはその先生の話をしました。

三年生の時、クラスの先生が休みました。その時のことです。そういう時、代わりに来た先生は、おいがだに自習をやらせて自分も何か仕事をしているか、「自習をやりなさい」と言って帰ってしまうかでしたが、その先生はちがっていました。その先生はおいがだに向かって一生けん命話をしました。それは、こんな話でした。

ある人が、どろぼうをしてつかまってしまいました。そしたら、つかまえたけい察の人は、自分と同じ学校の同じクラスでつくえをならべていた友達でした。それから、そのどろぼうをした人がさいばんにかけられると、その時のさいばん官もやっぱり同じ学校の同じクラスでつくえをならべていた友達でした。

元々同じクラスでつくえをならべていたのに、どろぼうになる人もいれば、それをつかまえる人もいる。それをさいばんする人もいる。どうしてこんなに差が付いてしまうかと言えば、それは学校にいた時からその後もどれだけ努力をしてきたかの差だ。ずーっと積み重ねられた努力の差が、こんなになってしまうんだ。

だから、君達は努力しなければならない。それに努力というものは、早く始めた方がいい。どうしてかと言うと、最初に差を付けられてしまえば、それを取りもどすのはすごく大変だ。その反対に差を付けてしまうと、その次の努力はやりやすくなる。そういうことで、差はますます開いてしまうからだ。

大体そんな感じのことを、その先生はグラフのようなものを黒板に書いたりしながら話したのです。

その話をしているうちに、おいはだんだん思い始めました。

あの先生が、六年生のおいがだのクラスの先生でねべが。

それで、そのことを平山君と石川君に言いました。

「んだべが（そうかな）？」

「なもでね（ちがうんでないか）」

二人にそう言われると、反対においはますますそういう気持ちになって言いました。

「そんでねってば（そうでないったら）。今度の先生は、きっとあの先生だ」

おいの思った通り、六年生の先生はあの先生でした。

一生けん命なのと目が大きいのは五年生の先生と同じでしたが、今度の先生はせも高い方で体育も得意でした。

四月二十九日からの連休が近付いてきたころ、先生が言いました。

「みんなに相談があるんだ」

相談というのは、みんなでレンガを一個ずつけずって、それを合わせたへき画を作らないか、ということでした。

だけども、それを作るためには、レンガとそれをけずるための五すんくぎのお金が合わせて一人百五十円かかる。みんながやるというのなら、先生がみんなのお家にお願いの手紙を書く。それから、五すんくぎは少しでもけずりやすくするために、先生が近くのかじ屋さんに行って頭の平たい所をノミのような形にたたいて直してくる、と言いました。

おいがだは、それを聞いたらすぐにやる気になりました。だから、先生がにこにこ笑いながら
「どうだ。やってみるか」

と、言った時には、みんな
「やるー」

「やるー」

と、大きい声を出しました。

「だけど、これは大変だぞ。図工の時間だけじゃ足りないから、他の時間もつぶしてやらないとならない」

「先生。体育の時間もー?」

「うん。体育の時間もだし、もしかしたら、休み時間もやらないとできないかも知れないな」

「えー?!」

声を出した後で、みんなシーンとなりました。

おいは、体育の時間と休み時間をつぶすのはこまる。んだども、他の時間ならつぶしてもいいと思いました。

そういう時、急に森山君が大きい声で言いました。

「そいでも、やる」

おいは、思いました。

ばかけ。そんなこと言ったら、本当に体育の時間も休み時間もつぶされてしまうど。

それなのに、古川君も言いました。

「うん。やろう」

ばかけ。まだ、やるっていうことは、言わね方がいいってば。

おいがそう思っているのに、女の人がだが低い声でしゃべり始めました。

「あだがだ（あなたがた）。やりたいと思わね?」

「やっぱり。やりたいにゃぁ」

「やりたいにゃぁ」

「やりたいにゃぁ」

女の人がだがそういうふうに言うのが、ざわざわと教室中に広がりました。

こまったなと、思っていると級長の吉井君が大きい声で言いました。

「遊ぶことはいつでもできるけど、こういうことは今しかできない。だから、やる方がいい」

おいは思いました。

級長のくせして、本当にばかけだな。そういうこと言ったら、みんな遊ばれなくなってしまうど。

それなのに、みんなは吉井君の言葉に賛成するように
「んだ」

「んだ」

と、うなずきました。

なんだか、賛成していないのはおい一人みたいな感じになりました。

すると、古川君が大きい声で言いました。

「田村は、いやなの？」

急に言われたので、おいはあわてました。それで、言わなくてもいいことまでしゃべってしまいました。

「なもだ。なもだ。おいは、いやでね。やるべ。やるべ。みんなして、力合わせてやるべ」

すると、古川君がニヤッと笑ってパチパチっと手をたたきました。つられたように何人

かが手をたたきました。

それで、先生は言いました。

「みんな、やるか。本当にやるんだな」

みんなは、

「うん」

「うん」

と、いう感じでうなずきました。

「今、田村君が言ったように、力を合わせてやるんだぞ。いいか」

ありゃーと、おいは思いましたが、もう仕方ありませんでした。

みんな
「うん」

「うん」

「うん」

と、うなずきました。

おいも、それに合わせてうなずきました。

先生は、みんなを見回してからゆっくりと言いました。

「へば。やるか」

「やる」

「やる」

「やる」

みんな大声で言いました。

その時には、おいも本気になって
「やるー」

と、声を出していました。

大昔の人々

五月の連休が終って最初の時間に、先生は厚い紙ぶくろを重そうに持ってきました。

「この中に、五十六本のくぎが入っている」

そう言って、先生のつくえの上にドシッと置きました。

それから、一人ひとりに一本ずつ配りました。

くぎの頭の平たい所は、ノミのような形になっていました。連休中に先生がかじ屋さんに行って、たたいて直したそうです。前にそのことを聞いた時には、本当に五十六人分もやれるべが、とおいがだは思いましたが、本当にやってきたのです。

「手がおかしくなった。しばらくはいっしょに野球できないぞ」

少し笑って、先生は言いました。

「さあ。中庭に行こう」

「先生。中庭に行って、何をするんですか」

「うん。説明をしてもいいけど、見てもらった方が早い」

おいがだはゾロゾロとろう下を歩いて、中庭に向かいました。中庭に出ると、ぽかぽかとした日が当たって、おいがだはますますワクワクとした気持ちになりました。

中庭の中の焼き物を焼く小屋の横に、小さな小屋がありました。

「さあ。ここだ」

先生がそう言って小屋の戸を開けると、その中に赤茶色のレンガが見えました。

「わあ。レンガだ」

「本当にあった」

おいがだは、思ったことを勝手にガヤガヤとしゃべりました。

「先生。これを、おいがだがけずるんだが?」

「そうだ」

「先生。おいのレンガはどれだべが?」

「それは、これから決めるんだよ」

「先生。このレンガでなんの絵を作るんだが?」

「それも、これから決めるんだよ」

「先生。なんも決まってねゃーたな」

だれかがふざけて言うと、みんな笑い出しました。

だけど、先生は真けんな顔で言いました。

「君達がやるんだから、君達が決めないとならないんだよ」

それで、おいがだも真けんな顔になって、笑いが静まりました。

すると、先生が言いました。

「さあ。今度は図書室に行こう」

図書室に着くと、弁当の時間まで時間をあげるので、どんなやり方でもいいから自分達が作りたい絵をじっくり選びなさい、というようなことを先生は言いました。それで、おいがだは本を引っぱり出しては開いて見て、引っぱり出しては開いて見てということをくり返していました。

けれども、すぐに自分の考えを決めてしまって、おしゃべりをしたり絵を選ぶこととは関係ない本を読んだりする人がどんどん増えてきて、弁当の時間までしっかり本を見ている人は何人もいませんでした。

おいも、すぐに決めてしまった方でした。大体、おいは本を見る前から源平の戦いの絵にしようと決めていたのです。だから、源平の戦いの本を取り出すと、これは格好いい、これだ、これだと、すぐに決めてしまいました。それは、一の谷の戦いで那須の与一が弓をいる時の絵です。決めた後は友達とおしゃべりをしたり、外を見たりしていました。

それでも、先生はだまってみんなを見ていました。

昼休み時間が終ると、いよいよなんの絵にするかを決めることになりました。まず、自分の選んだ絵を作ってもらいたい人は、その絵を黒板に立てかけて発表することになりました。七人の人が発表しました。おいも発表してみました。

けれど、選挙をしたらおいの発表した絵に手を上げた人は、おいを入れて二人しかいませんでした。それも、おいは自分でもだめだと思って手を上げないつもりでいたのに、仲の良い鈴木君が手を上げたのであわててあげてしまって二人の手が上がることになったのです。

一番手が上がったのは「ふるさとの山河」という写真で、能代公園から白神山地をはい景にした米代川を写したものでした。その次に、二人の差で手が上がったのは「大昔の人々」という絵で、大昔の人達の生活の様子をえがいたものでした。あとは、みんな一人か二人しか手を上げませんでした。

それで、今度は「ふるさとの山河」と「大昔の人々」のどっちにするかということになりました。まず、この二つを発表した人に意見を言ってもらうべということで、二人が意見を言いました。

「ふるさとの山河」を発表した石井君は、こういうことを言いました。この写真に写っている山と川は、おいがだが小さいころから見てきた景色です。んだがら、この景色をへき画にして残しておけば、おいがだが大人になった時にきっとえがったなあと思うと思います。

それを聞いて、おいはそのとおりだなあと思いました。

「大昔の人々」を発表した吉田さんは、こういうことを言いました。私はこの絵が好きで、四年生の時からよく見ていました。なしてだがと言うと、この絵をしばらくながめているとなんだが元気になったり、ほっとした気持ちになったりするからです。んだがら、みんなしてこの絵のへき画を作ってくれねべが。

それを聞いて、おいは思いました。

自分が好きだから作ってけれというのは、わがままでねべが。

その次に、みんなして自由に意見を出すべ、ということになりました。

おいは、すぐに手を上げて「ふるさとの山河」の方がいいということを言おうとしました。だけど、その前に手を上げた人がいました。

中野さんです。

おいがだは、そいだけでビックリしてしまいました。なしてだがと言うと、中野さんはいつもなーんもしゃべらない人だからです。たまに先生に当てられた時だけ、聞こえるか聞こえないかというような小さい声で話すだけです。

その中野さんが手を上げて、指されないうちに立ち上がって言いました。

「私も、吉田さんの絵がいいと思います」

いつものように小さい声でしたが、しっかり話しました。けれど、今にも泣き出しそうな感じでヒクッヒクッと息をしています。そして、深こきゅうをするようにしてから、また話しました。

「私も、吉田さんのように時々その絵を見るのです」

それから、中野さんはまたしばらくヒクッヒクッと息をしてから言いました。

「この絵を見ていると、なつかしいみたいな気持ちになるのです」

その後は、しばらくしゃべりません。

それで、もう終りかなと思ったところ、また話しました。

「この絵にしてください」

こう言って、中野さんはすわりました。最後は特に小さい声で、かわいいけれどさびしいような悲しいような声でした。それで、おいがだはなんにも言えなくなって、しばらく教室が静かになりました。

この絵にさねば、中野さん泣いてしまうんでねべが。

おいは、そう思いました。

「確かに、この絵は力強いよねえ」

急に大きな声で古川君が言いました。

追いかけるように、森山君が言いました。

「力強いより、のんびりした感じでねが」

「それはねえ。森山がのんびりしてるから」

「なもだよ。おいは、なんものんびりしてねよ。それでも、やっぱりこの絵はのんびりした感じだもの」

「のんびりでなく、力強いの」

「なんもだ」

「ちがうの」

二人がもめているので、岩崎君がどなりました。

「どうでもいいども、おめがだ、どっちだずや（なのか）？」

「どっちって？　決まってるよ」

「どっちゃ」

「大昔の人々」

二人がこたえた所に、今度は上野君が大きな声を出しました。

「分がった。なして、大昔の人々の方がいいか、おれ分がった。大昔の人々は絵で、ふるさとの山河は写真だべ。やっぱり写真より絵の方があったかい感じがさねが（しないか）」

なるほど……と、おいがだは思いました。

その顔を見回しながら

「そいにしゃぁ」

と、上野君は続けました。

「大昔の人々は、人間の絵だもの」

その後に話されるのは、「大昔の人々」の方ばかりになってきました。黒板にならべられた絵と写真を見比べているうちに、みんなの考えは「大昔の人々」の方に向いてきたようです。

そんな時に、「ふるさとの山河」を発表した石井君がもじもじしながら言いました。

「あのなあ。おいもなあ、今はなあ、本当はなあ、『大昔の人々』の方がいいと思う。んだがら、おいのごど、気にさねてもいいどお」

何人かの人が

「えー」

という声をあげましたが、

そいだば、ちょうどいいと、思った人の方がうんと多い感じがしました。

そしたら、森山君が石井君に向かって言いました。

「おめ、それで本当にいいか?」

「本当に、いい」

「本当の本当に、いいいか?」

「本当の本当に、いい」

それで、森山君がみんなを見回しながら言いました。

「へば(それなら)」

おいがだは、こたえました。

「へば(それなら)」

「へば(それなら)」

それで、また岩崎君がどなりました。岩崎君は、もちゃもちゃしてるのがきらいなのです。

「おめがだ。へば、へばってばっかし言ってねえで、バシッと決めれでゃ。バシッとや」

「どうやって?」

「こうやってやぁ。いいかぁ。おいが大昔の人々やるがーって、おっき声で言うがら、おめがだもおっき声で、やるーって言えやぁ。いいかぁ」

そう言っている間に岩崎君の顔は真っ赤になって、
おいがだが
「うん。いいよぉ」

と返事をしようとした時には、もう大声を出していました。

「大昔の人々。やるがー」

おいがだは、まだ大声を出す準備ができていませんでしたが、大あわてで声を出しました。

「やるー」

「そんでねってば。おめがだ。やる気あるんだば、もっとおっき声出せってば。いいかぁ。いくどぉ。大昔の人々やるがー」

「やるー」

「まだだどぉ。まだ声低どぉ。死んたけおっき声出せでゃー。いいかぁ。いぐどぉ。大昔の人々やるがー」

おいがだは、思いっきり息を吸いこんで大きい声を出しました。

「やるー」

一回目から二回目三回目とどんどん声が大きくなりました。三回目には学校に文句こねべがと思うほど大きくなって、おいがだは声を出した後でまずかったかなという感じで顔を見合わせました。今度は、教室がシィーンとなりました。

それで、森山君がわざとふざけたように言いました。

「大昔の人々やるがぁ。やるー」

それを見て、おいがだはしばらく笑い続けました。

それを先生はにこにこと笑って見ていましたが、笑いが静まってからゆっくりと言いました。

「へば。そいでいいか?」

それで、おいがだは一生けん命首をふりました。

「うん」

「うん」

「うん」

「それじゃー。もう一つ決めなければならないね。森山君」

「なんだっけ?」

「森山君が、先生にきいたことだよ」

「ええ?」

すると、古川君が言いました。

「自分のレンガはどれかってことでしょう」

「そうだ。そのとおり。一人ひとりのレンガを決める方法は先生が考えた」

そう言って、先生はつくえの下からダンボールの箱を出しました。

「この中に一番から五十六番の番号を書いた札が入っている。これをみんなに取ってもらって、どのレンガかを決めよう。どっちからいくかな」

どっちでもいいとおいは思いましたが、ろう下側の方が

「おいがら」

「こっちがら」

と、大きな声で言ったので、ろう下側の先頭から順番に札を取りに行くことになりました。

急ぎ足で札を取りに行くので、一人ひとりの順番がどんどん決まっていきます。決めていたわけではないのに、みんな札を取るたびに「何番」と言って札を上げて見せました。

おいは、四十八番でした。

「田村。わすれるなよ」

と、古川君がからかいました。

「ばかけ。わすれるってが」

おいはそう言って、にらむふりをしました。

五十六枚の札がわたり終った後で、先生が言いました。

「この札はこれからも使うから、自分のつくえの中に入れてなくさないようにしてください。あした、先生が『大昔の人々』の絵をレンガに書き写します。その一つひとつを、みんながけずるのです」

放課後はいつもだったらグランドに行って遊んでいるのですが、おいがだは先生が何をするのか気になって残っていました。そしたら、先生はしょう子紙のようなうすい紙を持って図書室に行きました。おいがだは、先生の後をゾロゾロと付いていきました。

先生は紙を図書室の大きなテーブルに置くと、「大昔の人々」の本を持ってきました。本を開くと、「大昔の人々」の絵をじっと見つめました。それから、ずーっと絵を見つめ続けています。時々チラッと紙の方を見るだけで、あとはずーっと絵を見つめたままです。

いつになったら、書くんだべが。もしかしたら、今日は書かねんだべが。

そう思った時、急に先生はえん筆を持って、ものすごい勢いで書き始めました。書き始めた時には、先生の顔がいつもとちがっていました。それで、あたりは急にビーンときん張した感じになりました。

「こうか」

「こうだろう」

「いやこうだ」

「うん。こうだろう」

時々低い声で先生がひとり言を言う以外は、だれも口をひらきません。ふー、ふー、という、先生の強い息の音が聞こえるだけです。

おいがだが本で見た「大昔の人々」の絵は、大きくなってどんどんできていきました。

それで、おいがだは少しずつ興ふんしてきました。

だれかが

「先生。すごい」

と、言いました。

だけど､先生には聞こえないようでした。おこったような真けんな顔を全然変えないで、書き続けています。

それで、おいがだは心の中で思いました。

「先生。がん張れ」

しばらくすると、先生は書くのをやめました。うで組みをしたまま、書いた絵をだまって見ています。

どーしたんだべが。

おいがだは、少し心配になりました。

その時、先生が静かに言いました。

「できた」

それから、おいがだを見回しながら、にこっと笑いました。

その白い歯を見た時、おいがだはなんだがほっとした気持ちになりました。ほっとした後で、何かやってみたくなって言いました。

「先生。あと何やる?」

「あとは?」

「あとは？」

先生は
「うーん」

と、みんなを見回して言いました。

「よし。それじゃー、今日のうちにやってしまおうか。まず、レンガ運んじゃおう」

おいがだは、「ワァー」と声を出してから言いました。

「先生。取りに行ってもいい？」

「うん。ろうか走らないようにな」

「走るな」

「走るな」

おいがだはそう言い合いながら、半分走るみたいな感じで中庭の小屋に行ってレンガを運んできました。

そのレンガを図書室のテーブルにしかれた新聞紙の上にキチッとならべると、先生がレンガの上にさっき書いた絵をピタッとはりました。それから、えん筆の線の上を筆にすみを付けてぬっていきました。何回もすみを付けて、少しずつゆっくりぬっていきました。

レンガまでにしみこむように、すみをいっぱいつけるんだなと、おいは思いました。

ぬり終ってからも、先生はだまってうで組みをしていました。

十分くらい待ってから
「そろそろ、いいか」

と言って、先生がゆっくりゆっくり紙をはがしていくと、レンガの上に書かれた「大昔の人々」の絵が少しずつ少しずつ見えてきました。

おいがだは、それを頭をぶっつけ合うようにして見ていました。見ている間にだんだん興ふんしてきました。紙が全部はがされて、レンガの上に絵が全部見えた時には
「できた」

「できた」

と、声を出して喜びました。

先生は、おいのかたをぽんぽんとたたいて言いました。

「まだできていないんだから、田村君、喜ぶのは早いよ。これからが大変なんだから」

できたどぉ

次の日から、おいがだはレンガをけずり始めました。

おいのレンガは、大昔の人の足のかかとの所でした。

かかとの形がへんにならないように、最初はかかとの線のあたりをけずっていきました。そのあたりをけずっている時は、まちがわないようにと思って真けんにやっていました。かかとの形が大体きれいにできたと思ったのが五日目あたりで、そのころからおいはだんだんだらけでいきました。かかとのあたりをけずった後は、はい景になっている所を低くするためにずーっとけずり落とすだけだからです。

はい景になっている所は、おいのレンガの四分の三近くもあります。それに、レンガはちょっとずつしかけずられていきません。先生が作ってくれた五すんくぎの頭のペタラッとした所でけずるのですが、つかむ所がないので力が入りません。力を入れると五すんくぎがスルッとすべってしまうし、力を弱めると少しずつしかけずれないのです。

それでも、一週間目はまだ張り切っていました。だけど、二週間目になると少しだらけてきました。なしてだがと言うと、二週間目になると予定よりおくれているからということで、二時間続けてやるようになったからです。

二時間続けてやると、すごく手がつかれてきます。つかれ過ぎて、いたくなってきます。それだけではなく、休み時間はつぶされるし、大好きな体育の時間がつぶされることもありました。

それなのに、三週間目になっても二時間続いてやるのが続きました。それで、おいがだは機げんが悪くなってきました。それでもみんなは口に出しませんでしたが、おいと古川君と森山君がそろった時にポロッと言ってしまいました。

「あーあ。こんなに天気いいのに、休み時間ねえんだで」

「うん。この間は体育の時間もつぶれたしねぇ」

「いつまで続くんだべが？」

「んだがら、あの時、やらねって、おっき声で言えばえがったべ」

「だけど、田村だって、やるーやるーって、大きい声で言ったでしょう」

そういうふうにしゃべっているのが、先生に聞こえたようです。先生が、おいがだの所に来て低い声で言いました。

「君達。ちょっと見てごらん」

おいがだは、先生がじっと見ている方向を見ました。

すると、そこに中野さんがいました。

「中野さんだって、手がつかれているはずだろう。それなのにちっとも休んだりしないで、一生けん命やってるね。どうしてだと思う？」

そう言えばそうだ、と思いました。中野さんはいっつも大人しくて、人の後から仕方なさそうな感じで付いてくる人でした。そんな中野さんが、おいがだの先に立ってがん張っているのです。

「どうしてだと思う？」

先生はもう一度聞きました。そして、なしてだべがなあと、考えているおいがだに向かって言いました。

「中野さん。『大昔の人々』のへき画を作りたいって、自分で言っただろう。そのことをわすれてないんだよ。自分で言ったことに、責任を持とうとしているんだ」

それを聞いて、おいは「あっ」と声を上げそうになりました。中野さんと比べておいはいいかげんだったなあ、と思いました。おいがそう思った時には、森山君が声を出していました。

「がん張るべ」

古川君も言いました。

「そうだねぇ」

おいも言いました。

「がん張るどぉ」

少しはなれた所で聞いていた岩崎君が、大きい声で言いました。

「田村のばがけ。今ごろになって、がん張るどぉって、言ってるどぉ」

それを聞いてみんなが笑いました。先生も笑いました。だけど、これでいいのです。ようち園の時から岩崎君とずーっと同じクラスだったおいには、分かりました。岩崎君は、田村がん張れじゃー、と言っているのです。けれども、岩崎君が言うとこういう言い方になってしまうのです。

それで、おいはもう一度言いました。

「よーし。がん張るどぉ」

そしたら、平山君がにこにこ笑いながらかけ足で近付いてきました。

「田村。田村。いーごど分がったど。ほら。見てみれ」

それで、何人かが平山君を取り囲みました。

「ほら。レンガさ水っこかけてやれば、レンガやわらけぐなって、けずりやすくならた（なるんだ）」

「お。これだば、いいなあ」

「んだども、あんまり水っこかけすぎれば、一度にガギッてかけてしまわねが?」

「んだがら、ちょっと水っこかけて、その分けずったら、まだちょっとかけてけずってって、やっていけばやた（いいんだ）」

そのやり方でけずると、たしかに少しけずりやすいのです。それで、そのやり方はだんだんみんなに広がっていきました。それで、けずる場所も最初は中庭だけだったのですが、給食室の外とか水飲み場の外とかと水道のある所に広がっていきました。

平山君が見付けたやり方でけずるのが速くなったせいか、みんなのレンガはどんどんできていきました。

これだば、できるど。

そう思うと、おいがだはまた元気が出てきました。

それで、三週目の終りになると、一人ひとりのレンガはでき上がって
「おいのは、こうだ」

「おめのは、どうだ」

と、見せ合ったりしました。

四週目に入ると、見せ合ってみて良くないと思った所を直したり、直し方を先生に聞きに行ったりしました。先生もおいがだの間を急ぎ足で回って歩いて、直し方を教えたり仕上げのための紙やすりを配ったりしました。

もうすぐ完成だなと、おいがだは思いました。

そしたら、急ぎ足で回って歩いていた先生が、急に大きな声で言いました。

「よーし。終り。みんな、自分のレンガとくぎを持って教室に入ろう」

えー、もう終るの？　大丈夫だべが。

おいは、そう思いました。

だけども、すぐに、あー終ってえがった、ほっとした、という気持ちになりました。

それから、また本当にできだったべが、という気持ちになりました。

それで、おいはみんなに聞いてみました。

「本当にできだったべが？」

「先生が終りって言ったから、できだんでねぇがあ」

「へば。えがったな」

「でぎだったな」

そういうことをガヤガヤとしゃべりながら、ろう下を歩いている間においがだの気分はもり上がってきました。

できーた、できた、できーたど。

だれかが歌うように声を出しました。そいに、おいがだは声を合わせました。

できーた、できた、できーたど。

すると、だいかがシーッと言いました。

だけど、おいがだは止まりません。シーッという声をおしつぶすような大きな声で、能代七夕のかけ声をかけました。

あー、わっしぇーわっしぇー。

その次に、できーた、できた、できーたど。

それから、また、あー、わっしぇーわっしぇー。

できーた、できた、できーたど……。

あんまり大きい声を出すので、他のクラスの人がだが立ち上がったりまどを開けたりしておいがだを見ました。

迷わくだべが、そういう気持ちも少し出てきました。けれど、盛り上がった気持ちの方が何倍も強くて、もう止まりませんでした。おいがだは、ますます大きな声で、できーた、できた、できーたど、あー、わっしぇー、わっしぇーを続けながら、六年一組の教室に入っていきました。

教室に入ると、先生が言いました。

「みんな。ちゃんとレンガを持ってきたか？」

おいがだは

「はーい」

「うん」

の、他に
「おー」

だの
「持ってきたー」

だのと、さけぶみたいに言いました。

おいがだは、興ふんしていました。

「よーし。このレンガは、あしたまでちゃんとつくえの中にしまっておかないといけないぞ。あしたの研究授業でならべるんだからな」

そう言えば、研究授業やるんだな。

おいがだは、少し興ふんが静まりました。

だれかが、いいました。

「先生。研究授業って、よその学校の先生がいっぱい見にくらたべ？」

「そうだ」

「このレンガ、その人がだの前でならべらたが？」

「そうだ」

その時、おいは思い出しました。

……研究授業って、三年生の時もやったなあ。体育の時間だのつぶされて、毎日毎日合唱の練習させられたなあ。それだのに、前の日になったら、大下君と野田君は声を出さないように、田村君は声を小さくって言われたんだ。なしてだがと言うと、大下君と野田君は調子を合わせるのがうまくないし、おいはおじさから男わらすだばおっき声で歌わねばだめだがらと言われたとおり、人よりうんと大きい声で歌うようにしてたから。んだども、研究授業になったら、おいがだは言われたことをわすれてしまって、大下君と野田君は声を出すし、おいはいつもより張り切って大きい声で歌ったんだ。そしたら、研究授業が終ってから、おいがだはいっぱいごしゃがいでしまったなあ……。

そういうことを思い出したせいかも知れません。

このままなんも練習も準備もしないで研究授業をやってもいいんだべがと、思いました。

それで、きいてみました。

「先生。研究授業の時、おいがだはいつもよりちゃんとしてねばだめなんだべ。何、気を付けたらいいべが？」

先生は、こたえました。

「特に気を付けることはない。いつもどおりにやればいいんだよ」

研究授業

いよいよ研究授業の日になりました。おいがだは教室を出て、せの低い人から順にならんで、先生を先頭にろう下を歩いていきました。手には、レンガとレンガの番号を書いた札を持っていました。みんないつもより固くなって、静かに歩いていきました。

お客さんとか先生がだの使う正面げん関の前に来ました。げん関に向かって、左側は校長室で右側は応接室でした。そこは、おいがだがあまり来ない所でした。そこに着くと、立って待っていたよその学校の先生がだが一度においがだの方を見ました。それで、おいがだは教室を出る時より固くなりました。

真ん中に白い木のわくがありました。おいがだは、その回りにすわりました。おいがだの回りに先生がだが立ちました。

「さあ。始めよう。この白いわくに、一番から順番にレンガをならべていくんだ。レンガを置く時に、上とか横にすき間が空かないように、少しおっつけてキチッと置くようにしよう」

それだけ言うと、先生は

「始め」

と、号令をかけました。

おいがだは

「あれ？」

と、思いました。

こいだけしか説明しないで、もう始めるの？　と、思ったのです。

だけど、先生はだまって立ったまま、何も言いません。

それで、だれかが言いました。

「一番の人。一番の人。先生が始めって言ったよ」

そしたら、伊藤さんが立ち上がって、やってもいいべがという顔で、キョロキョロとおいがだを見回してから、先生の顔を見上げました。

先生は

「うん」

と、いう感じでうなずきました。

それで、伊藤さんは木のわくの左上の角にレンガを置きました。

その次に、中山君が待っていたようにパッと立ち上がると、パッとレンガを置いてすぐもどってすぐすわりました。あまり速かったので、おいがだは少し心配になりました。

それで、森山君がききました。

「ちゃんと、レンガおっつけて置いたが？」

「おっつけだ。おっつけだ」

中山君がこたえました。

へば、だいじょうぶだ。次、だれだべが。

おいがだはそう思って、みんなを見回しました。

だけど、立ち上がる人はいません。そしたら、右ななめにすわっていた鈴木君が自分の顔を指差しながら、おいの方を見ました。それで、おいは思いました。

鈴木、はずかしがり屋だから、自分の番だのにパッと立てねんだ。だから、こまってしまって、おいさ助けでけれって、言ってらた(るんだ)。

それで、おいはわざと大きい声で言いました。

「鈴木。何番だが？」

「三番」

「へば、鈴木の番だ。鈴木。置いでこい」

そしたら、他の人も言いました。

「鈴木だ。鈴木」

「鈴木。置いでこい」

それで、鈴木君は真っ赤な顔をしてレンガを置いてきました。

その次に、佐々木さんが少しゆっくり立って静かにそっとレンガを置きました。その次に、高橋君が中山君のようにパッと立ってパッとレンガを置きました。その後の人は、みんな高橋君を見習ってパッと立ってパッと置きました。

それで、レンガは一列、二列、三列とどんどん置かれていきました。三列四列と進んでいくと、「大昔の人々」が頭から顔、首、むね、はらと、だんだん形を現してきました。それに合わせて、おいがだの気持ちもり上がってきました。

まさか、こんなにちゃんとした絵になるとは思わねがった。

全部できれば、どんなにすごいんだが。

おいがだは、そう思って興ふんしました。

今度のレンガが置かれれば、どうなるべが。

だれかがレンガを持って立ち上がるたびに、おいがだはそう思いました。そいで、そのレンガが置かれるたびに、えがったー、と思いました。そういう気持ちで、おいがだは全員が一つひとつのレンガに熱中しました。

五列六列あたりになると、「大昔の人々」の姿が大体できてきました。このころになると、レンガが置かれるたびにみんな「おー」だの「うん」だのという声を出しました。置かれるレンガを見るのに熱中し過ぎて、自分の番がきたのをわすれる人もいました。そのたびに、おいがだは大きい声を出しました。

「三十五番。だれやー」

「自分の番号。確にんしておけやー」

「ちゃんとやらねば、みーんなさ、迷わくかけるんだどぉ」

そうしているうちに、とうとう七列目です。残すのは、あと二列です。んだども、四十八番の人がなかなか立ち上がりません。

岩崎君がどなりました。

「ここまできて、レンガねーてば、大変だどぉ」

おいも、どなりました。

「自分の番号確にんせって、言ってるべぇ」

そしたら、研究授業にきていた先生がおいのかたをトントンとたたいて、みんなにきこえないように小さい声で言いました。

「君。さっきから番号確にんしなさいと言ってるけど、自分の番号は確にんしてるの?」

「あっ」

と、思って自分の番号札を見ると四十八番でした。

それで、大あわてで
「おいだ。おいだ」

と言って、立ち上がりました。

すると、古川君が言いました。

「田村は、こういうの得意だねえ」

それで、ビィーンときん張していた研究授業の会場に、一度に笑いが起きました。おいは顔が熱くなりました。はずかしかったけれども、古川君の方を見てニヤッと笑いました。古川君は、おいに文句がこないようにわざとみんなを笑わせてくれたからです。

最後の列になると、おいがだはすごく興ふんしていました。

すごいどぉー。

一つのレンガが置かれるたびに、そう思いました。ワァーッという声やパチパチという はく手が起こりました。おいがだの興ふんは最後の一個に向かってグーンと高くなっていって、そのレンガを石井君が置いた時、おいがだはワァーッという声を体いっぱいで出してみんなが一度に立ち上がりました。

そしたら、回りに立っていた先生がたがみんなパチパチとはく手をしてくれました。いつの間にか、校長先生や同じ学校の先生もたくさん見に来ていてはく手をしてくれました。

それで、おいがだはすごいことをやったのかも知れないと思いました。おいがだはうれしさのかたまりみたいになって、ますます興ふんが高まりました。

研究授業はそれで終りでした。だけど、おいがだはしばらくそこから動きませんでした。もう泣き出すんじゃないかという顔で笑っている中野さん。歯をむきだして、本当にうれしそうな顔で笑っている古川君。せっせとあく手をして回りながら笑っている森山君。バシバシとみんなの背中をたたきながら笑っている岩崎君……。

みんな笑っていました。

研究授業が終ってからも、「大昔の人々」のへき画は校長室の横にずーっと置かれていました。おいがだは、十日くらいの間毎日それを見にいきました。それで、見にいくたびに同じことを言いました。

「良くでぎだな」

「本当だ」

おいがだはこういうふうにうまくみんなのレンガがキチンと合わさって、絵になるとは思っていませんでした。だから、おいがだは「大昔の人々」を見るたびにすごいことをやったんだという気持ちになりました。

それから、毎日見ていると別のことにも気が付きました。それは、おいがだのへき画は

「大昔の人々」の絵の通りではないということです。おいがだのへき画は、絵のようにスキッとはしていません。大分ゴツゴツした感じです。それでも、何だかすごくいい感じがしました。絵にはない力強さを感じました。

そのことを、おいがだはへき画を見ながら話しました。

「いーごどは、間違いね」

「んだ」

「んだ」

「へば。どこがいーんだべが」

すると、石井君が大人みたいな言い方をしました。

「んー。独特の味わいだなあ」

おいがだは独特だの味わいだのという言葉は使ったことはありませんでしたが、なんとなくそんな感じだなあという気がしました。それで、そこにいた人が代わる代わる同じ言葉をくり返しました。それから

「んー。独特の味わいだなあ」

というのが、一組の中ではやりました。

その後も、おいがだは時々へき画を見に行きました。見るたびに、吉田さんや中野さんが言ったように元気になったりほっとしたりしました。

ハゲ

夏休み中に大変なことが起こりました。

おいの頭がハゲになってしまったのです。

なしてそうなったかと言うと、まず初めはおいの頭にしらくもができたということから始まります。

中学二年生になったとく男ちゃんが、おいのしらくもを見て
「これだば、頭を良くあらってメンタムをぬっておけば治る」

と、言いました。

その通りやってみたら、しらくもは大分少なくなりました。

これは、いい。全部治してしまうべ。

そう思って、おいはメンタムをぬり続けました。

だけども、そのやり方がまちがっていました。とく男ちゃんは頭をしっかりあらってからぬれと言ったのに、おいは面どうくさくなって頭をあらわないままでしこたまメンタムをぬっていたのです。

そういうことを続けていたら、ある日頭のあっちこっちに化のうしている所ができてしまいました。化のうは母さんが一生けん命治りょうしてくれたおかげで治ったのですが、今度は治った所がハゲになってしまったのです。それで、十円玉くらいの大きさのハゲがあっちこっちにできてしまいました。おいの頭はぼうず頭でしたから、丸いハゲはすごく目立ちました。

母さんも化のうは治せたけれど、ハゲは治し方が分からなかったようです。

おいが

「何とかしてけれ」

と、言うたびに

「かみっこ生えてくるまで、待つしかねんだよ」

と、言うばかりです。

ハゲができたのは、夏休みが終る十日くらい前でした。このままの頭で学校に行ったら、大変なことになると思いました。おいは、鏡を見ては母さんにききました。

「いつになったら、かみっこ生えてくるんだが？」

「それだば、神様しか分からね」

「へば、母さん。神様さ、きいてけねが」

「それだば、無理だ」

「なして？」

「今ちょうど、神様も夏休みだもの」

そういうことを言っている間に、ハゲは全然治らないまま、とうとう二学期が来てしまいました。おいは二学期が始まる二日前までは学校に行くのがいやでいやで、行くのはやめようだの、行ったふりして遊んでいようだの、ぼうしをかぶって行こうだのと考えていましたが、一日前になるとちゃんと学校に行こうと決心をしました。

なしてだがと言うと、ハゲの所に全然かみが生えてこないので、もしかしたらおいの頭は一生このままかも知れないと思ったからです。

一生にげたりかくしたりすることはできないのだから、ちゃんと見せて歩かねばならね。見せて歩けば笑われたりばかにされたりするけど、それは仕方ない。それでもおいと仲良くしてくれる人が何人かはいると思うから、その人がだといつもいっしょにいればいいんだ。

そう決心して、学校に出かけました。

みんなが、おいの頭を見ておどろいているのが分かりました。それでも、おいの頭があんまりひどかったからかも知れませんが、笑ったりばかにする人はいませんでした。頭のことが話に出ることもありませんでした。

三日の間何もなくておいはほっとしていましたが、四日目の放課後にこういうことが起こりました。その日は、鈴木君、平山君、上田君といっしょにしゃべったりふざけたりしているうちに帰りがおそくなって、一組の最後に教室を出ました。二組の教室を見たら、だれもいません。三組も同じだろうと思ったら、三組の教室から三人の人がパッと出てきました。

その人がたはおいを見ると、頭を指差して

「ハゲー」

「ハゲー」

と、言いました。

それだけでなく

「一丁目、二丁目、三丁目の角で、大きなほたるまっかっか。良く見てみれば、でがれ、でがれ、半でがれー」

と、歌い出しました。

「でがれ」というのはハゲのことで、この歌はハゲをばかにする歌なのです。それでも、おいはいつかはこういうことがあると思っていましたから、がまんするべ、という気持ちでいました。
その時です。
おいといっしょにいた三人が
「ワァー」
と、急に大きな声を出して、三組の三人にかかっていきました。
この三人はいつもおとなしくて、けんかなんかをすることは考えもできないような人がただったので、おいはビックリしました。だけど、三組の三人はもっとビックリしたようです。
三組の三人は、ろう下には他にだれも人がいないし、一組の四人はなーんも強そうでないのでおいをばかにしたのです。一組の三人がかかってくるということは全然考えていなかったのです。
それなのに、その三人がすごい顔でかかってきたのです。
三組の三人は、大あわてでにげ出しました。
それでも、一組の三人は
「このぉ」だの
「ばかにしてぇ」だの
「やっつけるどぉ」だの

と、大声を出して三組の三人を追いかけました。

三組の三人はますますあわててしまって、階だんをおりる時にそのうちの一人が足をこんがらせて転んでしまいました。転んだまま階だんを頭から落ちていって、一階のゆかにゴツンと頭をぶっつけました。他の二人が手を貸して立たせてやると、階だんを落ちた人はもう泣き出していました。

そこにおいがだが追い付きましたが、あんまりかわいそうなのでなぐったりたたいたりする気にはなれませんでした。鈴木君と、平山君と、上田君は、その分だけきかない（強そうな）声を出して言いました。

「ばかにしたから、こうならた（なるんだ）」

「あとだけ、ばかにするなや」

「ばかにしたら、いつでもやっつけるど」

階だんから落ちた人は一人で歩けなくて、他の二人にかたをかつがれて泣きながら帰っていきました。

その次の日のことです。

最初の授業が始まる時に、先生が言いました。

「鈴木。田村。平山。上田。立て」

おいは、昨日のことだな、ごしゃがいるべが、と思いました。

「昨日。三組の人とけんかしたのか?」

と、先生がききました。

四人の中では、おいの他の三人は話すのが得意ではありません。だから、おいは話したかったのですが、昨日の出来事は他の三人がやってくれたのに、おいが話すのはでしゃばりだと思いました。それで、三人のうちのだれかが話してくれるのを待っていました。

すると、ようやく平山君がぼそぼそと話し始めました。

「けんかを、する……気では、ねがった……です」

「そうか。それじゃー、どういうことだったんだ?」

「田村が……、ばかにされだので……」

「田村がばかにされたのか」

「うん」

「それで、どうした?」

「それで……おいど上田と鈴木が、おこったら……にげていって……」

「それで、階だんで転んだのか」

「うん」

「もう一回聞くけど、三組の人が田村をばかにしたんだな。それで、おめがだがおこったら、三組の人がにげていって、そのうちの一人が階だんで転んで落ちてしまったんだな」

「うん」

「他の人も、それでいいか？」

「うん」

「うん」

「うん」

「よし。分かった。すわっていいぞ」

それから、先生はみんなを見回して言いました。

「昨日の放課後に、三組の人が一組の人とけんかをしてねんざさせられたということを、けさ言われた。だけど、先生は何か別のことがあると思ってきいてみた。それで、平山達のやった意味が分かった。みんな、平山達がやったことは悪いことだと思うか？」

先生は、もう一度みんなを見回して言いました。

「ねんざをしたのは、結果に過ぎない。なぜ、ねんざをしてしまったかと言えば、それは田村をばかにしたからだ。人をばかにすることは、やってはいけない。人の欠点をばかにすることは、特にいけないことだ。

人をばかにするような心というのは、だれにもあるかも知れない。しかし、それは弱い心で、きたない心だ。そういうことをやればやるほど、その人の心は弱くて、きたなくなっていく。

それに対して、平山達のやったことは良いことだ。平山達は、田村がばかにされたからやったんだ。友達のためにそれほど一生けん命やったということは、すばらしいことだ。鈴木。平山。上田。君達はえらい。良くやったぞ」

一時間目が終ると、鈴木君と平山君と上田君とおいは自然とろう下に集まりました。

「ごしゃがいると思ったのにな」

「んだ。ほめられるとは思わねかった」

「自然とああなっただけだのにな」

そこに、森山君と古川君もやってきました。

森山君が

「田村の頭、早く治ればいいのにな」

と言うと、古川君が

「ぼくが、田村の頭治すおまじないをやってあげるよ」

と、言いました。

そいから、おいの頭のハゲになっている所に指を当てて、じゅ文のようなことを低い声で言いました。古川君は、ハゲになっている所全部にそれをやりました。

おいは、それでかみが生えてくるとは全然思っていませんでした。けれど、不思議なことに次の日に学校から帰ってから鏡を見ると、ハゲのところに短いかみの毛が生えているのを発見しました。そいがら、かみの毛は少しずつのびてきて、九月中にはおいの頭はしっかり元にもどりました。

ビンタ

十月の初めには運動会がありました。

運動会が近付くと、毎日フォークダンスの練習です。

その日も六年生全員がグランドで練習していましたが、雨がふりそうだというので途中から体そう場に移って練習しました。午後のダラッとした気分にドヨンとした天気のせいもあって、おいがだは最初から気合いが入っていませんでした。

体そう場に移ってからは、ますますだらけた気持ちになりました。

だんの上から
「しっかり手をつないで」

と、女の先生がキリキリした声を出していました。

けれども、おいがだは手をつなぎませんでした。どうせおなごの先生だからごしゃがねべ、という気持ちがありました。それで、わざと手をつながないでふざけていました。
そしたら、男の先生がだんの上に上がって
「手をつなげ」
と、どなりました。
それでも、おいがだは
「イッヒヒヒ」
だの
「ウッフフフ」
だのと、笑ったりしてふざけ続けていました。
そしたら、今度はおいがだの先生がだんの上に上がりました。うで組みをして、おっかない顔でおいがだを見ています。その時すぐにふざけるのをやめればえがったのですが、おいがだはまだふざけていました。
急に
「タムラァー」
と、いう大きい声が聞こえました。と、思ったら、先生がだんの上から飛び下りて、おいの方に走ってきました。
バタバタバタッというサンダルの音が聞こえました。先生は今まで見たことがないこわい顔をしていました。その顔がみるみるうちに近付いてきました。けれども、おいは思いました。

もしかしたら、おいでねぇかも知れね。ふざけでいるのは、おいだけでねぇもの。

それなのに、先生はおいに向かってまっすぐ走ってくると、その勢いのままでおいのほっぺたをぶんなぐりました。

バシィーンという音がなって、おいはよろけました。だけど、いたいとも感じなければ、泣きたい気持ちにもなりませんでした。それよりもっと強く、悲しいだけでなく、くやしいだけでなく、おこりたいだけではない、いろんな気持ちが一度にどっとあふれるみたいに出てきて、おいの体を熱くしました。

その気持ちの中でおいは、なして？　と、思いました。

なして、おいだげ、たたかれるのや？

おいは、六年生で一番だめな生徒になってしまったんだべが？

おいは、先生に一番ごしゃがいる生徒になってしまったんだべが？

そのまま、先生はそこに立っていました。おいも下を向いて立っていました。体そう場は、急に静かになりました。みんな物も言わなければ体も動かさないで、おいを見ているように感じました。

先生は、今もおいをにらんでいるんだべが。

ずーっと、このままでいねばだめなんだべが。

そう思った時、体そう場の外が急に暗くなってザーと雨のふる音が聞こえました。それで、体そう場にいた人がだの気持ちはそのことに向かったようです。ざわざわという声がして、人が動き出しました。先生もだんの方にもどっていきました。

もう一回練習が始まりました。今度は、みんなすごくまじめになっていました。しっかり手をつないで、一生けん命練習しました。だれもおしゃべりをしないので、体そう場はシィーンとしていました。練習をしている間においの気持ちはだんだん静まってきました。

そして、いろんなことを考えました。

どうも、おいはまじめにやってもふざけても、一番目立たてねべが。前からそうだ。みんなと同じことをやっても、ほめられるのもごしゃがいるのも、おいだもの。んだども、このごろほめられねがったなあ。ほめられる前に、しこたまごしゃがいでしまった。おいは、このごろまじめでねがったんだべが。そろそろ、うんとまじめにやらねばだめなんだべがなあ。


運動会の日になりました。

仮そう行列で、六年一組は「日本おとぎ話なんでも大会」というのをやることになっていました。おとぎ話の主人公がいっぱい出てくるのを見れば、下級生が喜ぶだろうという考えでした。

　仮そう行列の時間が近付くと、先生は岩崎君とおいをよびました。岩崎君とおいは、こぶとりじいさんをやることになっていました。岩崎君が悪いおじいさん、おいが良いおじいさんでした。

「おめがだ。つらっこ（顔）、おじいさんらしくさねばだめだ」

　いつもとちがって先生はおいがだと同じような話し方をしてから、岩崎君の顔にどーらんというのをぬったり、すみで線を引いたりしました。

「先生。おいだっけ、幼ち園の時も悪い方のおじいさんだで」

　岩崎君は、少しおこったようなあまえるような感じで言いました。

「岩崎だば、きかねつらっこ（強そうな顔）してるから、おじいさんのつらっこにしやすもの」

　先生はそう言ってなぐさめましたが、何だか無理してなぐさめている感じがしました。

　それなのに、岩崎君はめずらしく素直な顔で
「うん」

と、うなずきました。

　そいがら、おいの番になりました。先生はにこにこ笑いながら、しばらくおいの顔にどーらんをぬったり線を引いたりしていましたが、そのとちゅうで言いました。

「きよしのつらっこだば、なんぼぬっても、ふけねなあ」

先生は、おいのことを田村ではなくて、きよしとよんだのです。一組できよしという名前はおい一人だけなので友達はよくそうよんでいましたが、先生がよぶのは初めてでした。

おいは、なんだかうれしくなりました。

それでおいは、なして？　と、思いました。

父さんでも母さんでもないのに、先生にやさしくされればなしてうれしくなるんだべが？

それから、おいは思いました。

先生って、いいなあ。

駅伝大会

運動会が終った後、十月の終りころには駅伝大会が待っていました。

おいは、それを楽しみにしていました。それなのに、おいは大失敗をしてしまいました。

運動会が終った何日か後に、左足のアキレスけんのすぐそばにスコップがささるというけがをしてしまったのです。

「大事な所だから、無理しないでちゃんと直さねばなねよ」

お医者さんにそう言われて、おいは心配になりました。

駅伝大会まで間に合うべが。

おいは、長きょりを走るのは自信がありました。クラスで五番以内には入るだろうと思っていました。

そのおいが駅伝大会に間に合わなくて、一組が負けたらどっすべが。んだども、駅伝大会までには直るべ。どうか、直るように、直るようにと、おいは思っていました。

それなのに、おいの足はちょっとずつしか良くなりませんでした。まだ、少し左足を引きずって歩いていました。その間に、駅伝大会の一週間前になりました。先生が体育の時間に十三人の選手を決めるための競走をすると言いました。

しまったと、おいは思いました。

もう一週間あれば、おいの足はうんと良くなるのになあ。

だけども、競走は始まってしまいました。おいも、競走の中に入っていました。

こうなったら、がんばるしか、ね。

そう思って、走ってみることにしたのです。

一周した時、おいは真中あたりでした。

これだば、やれるかも知れねと、おいは思いました。
二、三人追いぬけば、十三位の中に入れるからです。
二周目に入ると先頭の方を走っている人がスピードを上げたので、スピードを上げれない人がだがはなされていきました。おいは、はなされたグループの先頭にいました。そいで、前のグループの人数を数えることができました。数えてみたら、前のグループは十四人でした。

おいは作戦を立てました。

最後の一周までにあのグループに追いついて、最後の一周で二人追いぬけばいい。

そいで、おいは二番目のグループから少しづつぬけ出して先頭のグループに近付いていきました。

だけども、前のグループに五、六メートルまで近付くと、あとはなかなか差がちぢまりません。

足がいたくなったら、どっす?

もう少し待っても、いいんでねが?

そういう気持ちが起こって、スピードをおさえてしまうのです。

んだども、

「あと一周」

と、先生が言った時
「あっ大変だ」

と、おいは思いました。

それで、おいは急にスピードを上げました。その時は足がいたくなるかも知れないのも、少し足を引きずっているのも全部わすれていました。すぐに前のグループの中山君と平山君のせ中まで追い付きました。

二人はおいを見ると、ビックリした顔をしてすぐにスピードを上げました。また、二メートルくらいはなされました。おいは、もっとスピードを上げました。左足がぐしゅぐしゅっといたいみたいな感じがしました。

それでも、おいは
「えい。いいんだ」

と、いう気持ちで力いっぱい走りました。

だけど、中山君も平山君もがん張りました。おいは追いぬきそうになりましたが、やっぱり追いぬけないで三人がひとかたまりになってゴールを過ぎました。おいは、ちょっとだけ二人よりおそかったようです。

おいは、すぐにスピードを落としてしゃがんでしまいました。すごく残念でした。なして、スピードを上げるのをやめてしまったんだべが。なして、足がいたくなるのを気にしてしまったんだべが。あの時スピードを上げていたら、最後には追いぬけたのになあ。おいは、勇気が足りねんだべが。

おいはずっとそこにすわったままでした。

けれども、全員が走り終ると、先生が走ってきて笑い顔で言いました。

「きよし。良くがん張ったぞ」

それで、おいは少し元気になって教室にもどりました。

駅伝大会の日がきました。

駅伝大会は昼休みが終った後の五、六時間目にやることになっていましたが、おいがだは朝から落ち着きませんでした。みんな張り切っていて、弁当を食べるとすぐグランドに向かいました。グランドにスタートラインがあるからです。グランドを出発した後は街の中を八百メートルくらい走ってきてから、またグランドにもどってきてスタートラインで待っている次の人にたすきをわたすのです。

だから、選手だけでなく応えんする人もスタートラインのあたりに集まっていました。みんな元気な声で話をしていましたが、おい一人だけはこまったなあと思っていました。そしたら、岩崎君が近付いてきて言いました。

「田村。大じょう夫だ。一組が一番になってやるから、安心して見でれ」

おいがこまっていたのは、そのことなのです。

一番になれそうなのに、もしなれなかったら、どっすべが。おいが、けがをして走れなかったせいだど。んだがら、安心して見ていられるように断然の一位か、そうでなければ最初からビリでもいい。

おいは、そういう良くないことまで考えました。

それなのに、競走が始まると、おいが一番こまる感じになりました。一組から五組までの大接戦になったのです。一位は三組になったり二組になったり、五組になってまた三組になったりと変わりました。二位以下の順番も走る人が代わるたびに変わりました。一組は大体二位か三位でした。

だけども、走る順が七番目くらいになると、一組と二組がその他のクラスをはなし始めました。一位は一組になったり二組になったりしました。おいは、本当にこまったと思いました。

これで一位になれねば、おいがけがをしたせいだと、思いました。

それで、グランドに一組の選手がもどってくると

「がんばれ」

「がんばれ」

と、言いながらいっしょに走って、次の選手にも

「がんばれや」

「がんばれや」

と、言いながらグランドから出るまでいっしょに走りました。

もう、おいはだまっていられなかったのです。けれど、グランドから選手が出ていくと、おいはやることがなくなってすわって下を向いていました。すると、おいはなんもできなくてくやしいというような、残念というような、許してけれというような気持ちが起きてきて泣きたくなりました。

だけど、おいが泣いてしまえば、それを見て次に走る人が元気を無くしてしまうかも知れないと思うと泣くことはできませんでした。それで、泣きたくなるのをがまんしていると、ますます泣きたくなってしまいます。

すると、岩崎君が大きな声で言いました。

「おーい。おめがだ。一組負ければ、田村だっけ、泣いでしまうど。泣がせるなや」

その時、おいは本当に泣きそうな顔になっていたのかも知れません。

岩崎君は、おいのそばに次に走る石田君をつれてきて言いました。

「石田、がん張るがらな。泣ぐなや」

石田君はおいの顔を見て
「うん」

と言うと、スタートラインに走っていきました。

それで、本当に岩崎君が言ったようにがん張って、二組に十メートルくらいの差を付けてもどってきました。次の岩崎君は、たすきを受け取ると百メートル競争のような勢いでグランドを飛び出していきました。

そしたら、大きな声が聞こえました。

「あれだば、だめだ。あれだばすぐつかれてしまって、二組にぬかれるど」

言ったのは、二組の先生でした。それを聞いて、おいは先生のくせにと思いました。その時に、そう言えばおいがだの先生がいないということに気が付きました。それで、あっちこっち見回しましたが、先生は見付かりません。仕方がないので、さがすのをあきらめました。

その後で、おいは二組の先生の言ったことが気になりました。なしてだがと言うと、二組の先生の言ったことが当っていたからです。おいがだは、最初からスピードを上げないで追いぬかれそうになったらスピードをあげる、追いぬかれない時は最後のとこ屋さんの角を曲がってからスタートラインまで全力で走る、という作戦を立てていたのです。

だから、岩崎君があぁいうふうに走っていったのは作戦と反対のことなのです。そいで、おいは岩崎君が大失敗をしてしまわないかと心配になりました。

どうか、岩崎君が追いぬかれないでもどってくるように……。

そう思っている所に、岩崎君がもどってきました。グランドを出ていく時よりはスピードが落ちていましたが、まだ勢いはありました。岩崎君はたすきを次の人にわたすと、五、六メートルくらい走ってからバタッと右側にたおれました。

おいは、すぐに近よっていきました。岩崎君は馬ソリ競走を走っている馬みたいにフーッフーッとはらで息をしていました。そいで、おいは馬ソリ競走を走った馬にばくろの親方が水をやるのを思い出しました。

「水こ、飲むが?」

と、きくと

「いらね」

と、岩崎君はこたえました。

それから、少し笑って言いました。

「田村。おれ、がん張ったべ？」

おいは、本当に思いました。

なして、おいのこと、こんなに思ってくれるんだべが。

それで、おいはまた泣きたくなりました。

「泣くなてば、田村。笑え」

それで、おいは一生けん命笑おうとしましたが、本当はますます泣いてるみたいな顔になったかも知れません。

岩崎君からたすきを受け取ったのは大石君でした。大石君も岩崎君と同じように百メートル競争みたいな感じで走っていきました。すると、また二組の先生が言いました。

「さっき、うまくいったからと言って、二回も続くものではね。それに、二組には最後に山中がいるもの。な、山中」

言われた山中君はコクンと首をふりましたが、すごくきん張している感じでした。そいと反対に、一組で最後に走る吉井君はにこにこと笑っていました。おいは、山中君がかわいそうだなあと思いました。

そのころになると、選手も応えんの人も一組は全部立ち上がっていました。

「大石、がん張ってるがなあ」

「どのくらいの差で、くるべが」

そういうことをガヤガヤ話していました。

もう、みんなだまっていられない気持ちでした。

「だれか、見に行かないかなあ」

古川君が言いました。

「おい、見でくる」

そう言って、森山君が走っていきました。

グランドの入口で止まるかと思っていたら、外まで走っていってしまいました。

「あれだけ走れれば、選手になれたのにな」

だれかがそう言ったら、一組だけでなくそのあたりにいた人がだがみんな笑いました。

しばらくすると
「来たどお」

という声が、聞こえました。

森山君の声でした。

森山君は、出ていった時より速いスピードでグランドに入ってきました。その後ろから、森山君よりうんと速いスピードで大石君が入ってきました。首を上下に大きくふっていました。

足より首がつかれねべがと、おいは思いました。まるで馬車を引っ張るときの馬みたいな感じでした。普通の時だったら笑っていたかも知れませんが、だれも笑いませんでした。

大石君も吉井君にたすきをわたすと、岩崎君と同じように五、六メートルくらい走ってバタッとたおれました。そいで、やっぱりフーッフーッと息をはいています。おいは、またばくろの親方を思い出して言いました。

「水っこ、飲むが？」

大石君は、んん、んん、というふうに首をふってから、ニヤッと笑っておいの首にうでをまき付けました。大石君は力が強いので、おいは首が苦しくなりました。それなのに、うれしい気持ちになりました。心の中で、ありがと、ありがと、と言いました。

大石君からたすきを受け取った吉井君はゆっくり走り出していました。グランドから見えなくなってから、だれかが言いました。

「あんまり、ゆっくり過ぎねべが？」

他のだれかがいいました。

「んでね。ゆっくりでいいから、ここさもどってこいばいいんだ」

そう思ったのは、吉井君がグランドから見えなくなってもまだ二組の選手がグランドにもどってきてなかったからです。

勝つんで、ねべが。

おいがだは、そう思いました。

そう思った所へ、二組の選手がグランドに入ってきました。たすきを受け取った山中君はすごいスピードで走り出しました。

すると今度は、大じょう夫だべが？

と、いう気持ちになりました。

とちゅうで吉井君のはらがいたくなったりしたら、どうなるべがと、思いました。

そういうことが気になって、おいがだはグランドの入口の方にゾロゾロと歩いていきました。

森山君が、またグランドの外に走り出しました。今度は、とこ屋さんの角を曲がって見えなくなりました。おいがだは、グランドの入口で森山君が見えるのを待っていました。

「来たどお」

という声が聞こえたと思ったら、森山君が走ってくるのが見えました。

続いて、吉井君が角を曲がるのが見えました。

おいがだは、一度に声を出しました。

「来たー」

「吉井ー」

「がん張れー」

それが聞こえたのか、吉井君がにこっと笑って右手を上げました。まだ、だいぶ元気が残っている感じでした。

これだば大じょう夫でねべが、勝ったんでねべが。

と、おいがだは思いました。

吉井君が、森山君を追いこしてグランドに入ってきました。おいがだは、その後ろに付いて走りました。そしたら、体そう場の方からものすごいスピードで走ってくる人がいました。おいがだの先生でした。

先生はおいがだを追いこしました。吉井君がスタートラインを走りぬけてしんぱんの先生がバーンとピストルを鳴らした時には吉井君も追いこして、吉井君をでむかえていた大石君にだきつきました。大石君に吉井君がだきつきました。岩崎君もだきつきました。そいがら、選手も応援の人もみんなだきつきました。その周りで、女の人がだも飛びはねたりはく手をしたりしました。

それで、スタートラインのあたりに一組の人の輪ができました。

輪の中で、先生が大きい声で言いました。

「なして、一位になれたと思うか?」

おいがだは、
なしてだべが? だの、走るの速い人が多かったからだの、と考えましたが、だれもハッキリした声では答えませんでした。

「なして、一位になれたと思うか?」

先生はもう一回大きい声で言いました。

それでも、だれも答えませんでした。

なして、そういうことを聞くんだべ?

と、おいは思いました。

そしたら、先生はますます大きい声で言いました。

「おめがだは、みんなのために走ったからだ」

おいは、「あっ」とおどろきました。

そのとおりだと、思いました。

おいのためにがん張ってくれた人もいる。んだども、そいだけではねぇんだ。一組みんなのために走っていた。んだがら、いつもよりうんと速く走れたんだ。

それから、先生がまた大きい声で言いました。

「だから、みんなの力で一位になったんだ。みんなの一位だどぉ」

おいがだは、ますます強く思いました。

そのとおりだ。

それで、おいがだは
「ワァー」だの
「オォー」だの
という声を、一度に全員が上げました。

先生は顔をクシャクシャにしていました。

おいがだは、先生に言いました。

「先生。なして、ここさ、いねがったんだが？」

先生が言いました。

「見ていられねがった」

「先生。それだば、だめでねが？」

「だめだかも知れねども、ここで見てれば泣きそうになるから、木のかげからかくれて見てた」

「んだて、まだ泣でねよ」

「泣でね」

「泣きてゃーたが?」

「泣きてぇ」

すると、岩崎君が言いました。

「へば。田村と同じだ」

テスト

駅伝大会から一週間くらいたったころです。ろう下を歩いていたおいの前に先生が立って言いました。

「きよし。ちょっと待て」

あ、きよしって言ってくれたと、おいはちょっとうれしくなりました。

だけども、先生が真剣な顔をしているので、何を言われるんだべと、少し心配にもなりました。フォークダンスの練習でごしゃがいだことをチラッと思い出しました。

先生は、おいが考えもしなかったことを言いました。

「きよし。勉強しろ。勉強して一番になれ」

それを聞くと、勉強ができる人がだの顔がパッと五人くらい頭の中にうかびました。

それで、思いました。

そいだば、無理だ。

「勉強したって、一番はなあ……」

「本気になって、がん張れ。そうすれば、なれる」

先生があんまり真剣だったので、おいはそこにいるのがつらくなりました。それで、わざとふざけた感じで言いました。

「先生。おいどご、だますつもりだな」

だけど、先生はますます真剣な顔になって言いました。

「だまされたつもりで、やれ。いいか。やればできるということを、わすれるな」

おいは意味が分からなくて、先生の顔をぽかーんと見上げました。すると、先生はもう一度言いました。

「やればできるということを、わすれるな」

それだけ言うと先生はスタスタと行ってしまいました。

おいは、なんだべが？

と、思いました。

なして、急にああいうことを言ってきたんだべが？

おいは、何すればいいんだべが？

それで、考えました。

とにかく、ちゃんと宿題やるべ。

おいは、六年生になってからあんまり宿題をやっていませんでした。けれども、一週間前あたりからやり始めていました。なしてだがと言うと、こういうことがあったからです。

昼休みに、四年生の弟が急においの教室に来て言いました。

「兄さん。おいがだの先生、よんでいる」

それを聞いて、あれだな、とおいは思いました。弟の顔がなんだがはずかしそうな感じだったからです。

弟の教室に行くと、女の先生が待っていました。やさしそうな顔でやわらかな話し方でしたが、おいの顔をじっと見ながらしっかりとした感じで言いました。

「田村君は、本当はとても勉強ができるはずなのに、宿題をやってきません。それで持っている力を出せないでいます。あなたはお兄さんだから、弟がちゃんと宿題をやるように見てあげてください。お願いします」

おいは、心の中でこまったなあと思いました。

だけども、弟の前で
「本当は、おいも宿題をやってません」

と、言うことはできませんでした。

それで、おいは勉強を良くやる人がだのようにシャキッとしたしせいをして、キリッと

した声で
「はい」

と、元気良くこたえました。

そういうことがあったので、おいは仕方なく宿題をやり始めていたのです。

だけど、今日先生に
「勉強しろ」

と言われたので、おいは考え直しました。

宿題だけでも、一生けん命やるべ。

それから三日後に、先生が面白い表を教室にはりました。みんなの名前が書いてあって、宿題をやってきた人には名前の上に青い色の丸くて小さなシールというのをはってくれるのです。

おいがだは、それまでシールというのをはってもらったことがありませんでした。だから、はってもらうとなんだがうれしい気持ちになりました。

それで、思いました。

よし、明日もはってもらうど。

三週間目になると、今度は赤いシールも加わりました。ずーっと宿題をやってきた人だけが赤いシールをはってもらうことができたのです。赤いシールをはってもらったのは、一組全体の三分の一くらいでした。

休み時間になると、おいがだはシールの表の前に集まって

「赤いシールをはってもらったのは、だれだ?」だの

「おいも、もう一回宿題やってこいば、はってもらえるべが?」だの

と、いうようなことを話していました。

話しているうちに、だれかが言いました。

「田村。このごろ宿題やるようになったな」

おいの名前の上にも赤いシールがはられていたのです。

おいはそれがうれしくて、だれかが見付けてくれねべがと、思っていたのです。

それで、おいは

「えへへへ」

と、笑いました。

そしたら、後ろからおいのかたをトントンとたたく人がいました。

古川君でした。

古川君は、おいを見つめたまま表に書かれた自分の名前を指差しました。その上にも赤いシールがはってありました。おいは、少しビックリしました。それを見て、古川君はニヤッと笑いました。

それで、おいは分かりました。古川君はおいよりは宿題をやっていましたが、ちゃんとやっている方ではありませんでした。その古川君にも赤いシールがはられているのです。

おいは、思いました。

古川は、宿題やるど、田村に負けねど、って言ってるな。

よぉーし。おいだって負けねど。


十一月の真ん中あたりに算数、国語、理科、社会四教科のテストがあって、その後二十位までの人の名前が発表されました。テストの結果が発表されるのは、五年生の時はなかったし、六年生ではこれが初めてなので、四年生の時から久しぶりのことでした。

おいは、四教科合計で十三位でした。

今まで勉強しねがったわりには、いいんでねべが、勉強すれば七位くらいにならなれるんでねべがと、思いました。

最後の授業の後のホームルームの時間に、先生が言いました。

「このテスト。これからも月一回やって発表する」

おいは、思いました。

おーし、やるどぉ。

おいは、宿題だけでなくテストのための勉強を始めました。そいで、十二月のテストでは四教科合計で九位になりました。社会は一位でした。一教科だけでも一位だったので、おいは自信を持ちました。

それで、思いました。

思っていたより勉強の効果ってあるもんだな。

おーし。もう少しガリッとがん張ってみるべ。

おいは、十二月よりもっと勉強しました。十月のころは、ばんご飯を食べると勉強しないので八時過ぎにはねていましたが、今はばんご飯が終るとすぐ勉強するようになりました。気が付くと九時半くらいになっていました。

母さんは、おいが勉強をしている間ストーブの火を消さないようにしてくれました。

それで、勉強が終ってから母さんに
「そろそろ、ねるよぉ」

と、言うと
「今日もがん張ったにゃぁ」

と、言ってくれました。

早くねていたころは気が付きませんでしたが、冬の夜は布団が冷たくて入るとヒヤッとしました。それでも、これだけやれば大じょう夫だべと思うと、安心してすぐにねむれました。

一月のテストでは、四教科合計で七位になりました。社会は、また一位でした。おいは、社会にはしっかり自信を持ちました。だけど、苦手な教科も出てきました。それは算数です。社会は一生けん命暗記すれば百点を取れましたが、算数はそういうふうにはいきませんでした。

おいは、三年の時に先生が休んだ日に、今の先生がおいがだのクラスに来て言ったことを思い出しました。それは、こういうことだったと思います。

努力するなら、早くから始める方が良い。なぜかと言うと、今努力しないで分からないことができると、それが原因になって次に覚えることがもっと分からなくなる。その次には分からなくなったことが増えた分だけ、ますます分からなくなる。その反対に、今覚えることをしっかり覚えておけば、その次に覚えなければならないことも覚えやすくなる。こういうふうにして、今努力するかどうかが大きな差になっていくんだ。

おいは、そのとおりだと思いました。算数が苦手なのは、それが原因でした。五年生までにしっかり覚えておかなければならなかった所で、あいまいになっている所がありました。そのせいで、今習っている所にもあいまいになっている所があったのです。

これは大変だと、思いました。

今習っている所をしっかり覚えておかなければ、中学校に行ってからもっと苦労することになる。

それで、おいは六年生の分だけでなく、五年生までの分もあいまいにしないでしっかり覚えるようにしました。それは本当に大変でしたが、おいはものすごくねばり強くやりました。そしたら、今まであいまいだった所がだんだん分かるようになっていきました。すると今度は、大変だということより面白いと思うようになりました。

それで、二月のテストは四教科合計で五位、算数は九十点を取りました。百点ではありませんが、算数一位の人が九十五点だったので、おいはいい所にきたと思いました。

「田村の解き方は面白い。独特だ。一生けん命考えていることが良く分かる。この調子でがん張れ」

先生も、そう言ってほめてくれました。

それで、この勉強の仕方でいいんだと、おいは自信を持ちました。

三月のテスト結果が発表される前に、各教科のテストが返されました。社会だけでなく、算数も百点でした。とうとう、おいは苦手だった算数でも満点を取ったのです。算数が百点なんだから、合計の順位も上がるはずだ。おいは、結果の発表が待ち遠しくなりました。

テストの結果は、いつもは紙に書いたのをはって発表されます。ところが、ある日ホームルームの時間に急に先生が言いました。

「テストの結果がまとまった。今回は最後のテストだから、はり出す前に先生が読んで発表する。一位は川島君」

みんな、そうだろうなあ、やっぱりー、という顔をしました。

「二位は、おっ、二位はすごいぞ。これは、すごい。二位は、田村のぉー……きよしだ」

みんな、一度においの顔を見ました。

「すごい」

と、いうより
「本当か」

と、いう顔をしています。

おいも
「本当か」

と思いながら、どこを見たらいいか分からないのでこまっていました。

それで、天じょうの方を向いて頭をかきながら
「えへへ」

と、笑いました。

その日は、ホームルームの時間が終ると大急ぎで家に帰りました。テストの結果を早く母さんに知らせたかったのです。

母さん、喜ぶべな。

そう思うと、いくら速く走ってもつかれません。なんだか、体がふわふわとうかんでる

みたいでした。

家に着くと、母さんがいつものように編物をしていました。おいは、すぐ母さんのそばにすわると言いました。

「あのしゃぁ。母さん」

母さんがおいの方に顔を向けました。その顔に向かって、おいは勢い良く言いました。

「おれ。六年一組で、テスト二位になった」

母さんは、編物を横に置いておいの方を向くと、ひざを折り直してじっとおいの目を見ながら言いました。

「あんだが父さんや母さんを喜ばせたくて、そういうことを言ってくれる気持ちは親としてありがたくないわけではね。んだども、きよし。良く聞きなさい。人間にとって一番いけないことは、うそをつくことだ。うそをつくのだけは、やめなさい」

ありゃーと、おいは思いました。

こういうふうに思いこんでしまえば、もうだめなのです。おいが何と言っても聞いてくれません。

仕方ねなあ。

そう思って、ともかく
「うん」

と、返事をしました。

それから
「遊びに行ってくる」

と、言って外に出ました。

いいべ。そのうち、分かるべと、外で思いました。

それから、十日くらいたってからのことです。

おいが学校から帰ると、母さんが
「あいぃー。きよしぃー」

と言って、急いで立ち上がりました。

それから、ドドドッと走って来てギューッとおいをだきしめました。

「あんだ、本当にテスト一位だったてぎゃあ。母さん、あんだの言うこと信じなくて悪かったにゃぁ。ごめんねぇ」

そのまま、ずーっとだきしめています。

そばで、二人の弟が見ていました。もうすぐ中学生になるのに母さんにだきしめられているのは格好悪いかな、と思いました。だけども、母さんの立場もあるべがら、と思い直してそのままだまってだきしめられていました。

卒業式

その日は、卒業式でした。それで、いつもより十分くらい早く家を出ました。

とちゅうの酒屋さんの前に子犬がいて、おいを見るとキャンキャンと鳴きました。この子犬は一週間くらい前からいて、おいを見るたびにキャンキャンだのワンワンだのと鳴くのです。そのたびに、おいは、めんこいな、いつかかわいがってやるべ、と思っていました。

今日はいつもより早く出たから、一回だけならいいべ。

そう思って、おいは子犬をだっこしました。すると、子犬は体中を動かしながらしっぽをふって、おいの顔をすごい速さでなめました。うれしくて仕方がないっていう感じでした。おいは、ますます子犬がめんこくなりました。

「そんたに、おいどご好きだが？　へば、おいの家でかってやるが？」

子犬に向かってそう言った後で

「あっ」

と、思いました。

今日はこういうことをしてられねんだ。

おいは子犬を地面に下ろして、学校に向かおうとしました。すると、子犬が今度はワン、ワンとほえました。足をつっぱったり、はね上がったりして一生けん命ほえています。

「まだ、行くな」

「もっと、いてけれ」

そう言っていると思いました。

こまったなあと、思って子犬を見ていると、横に置いてある小さなかねの皿が空っぽなのに気が付きました。

水っこやるだけなら、いいべ。

おいはそう思って酒屋さんの入口の横にある水道のじゃ口をひねって水を入れました。

「ほら。飲め」

皿を置くと、子犬は小さな舌を出してピチャピチャと水を飲みました。

めんこいなあ。水、飲み終るまで見るくらい、いいべ。

そう思って見ていると、子犬をクイにつないでいるヒモのはしっこが丸い輪になっているのが見えました。

あの輪っこつかんで、この犬といっしょに走って遊んだら面白いべなあ。ちょっとだけなら、いいべ。

子犬が水を飲み終ると、おいは子犬といっしょに走りました。おいが止まると、子犬はもっと走ろうという顔でおいを見上げます。おいが走ると、子犬はうれしくてたまらないという感じで元気良く走ります。それがすごくめんこいし楽しいので、おいはやめられなくなりました。その時にはもう卒業式のことは、頭からなくなってしまっていました。

あっちこっち走っていると、時々いっしょに遊ぶ四年生の人が目に入って、

あれ？　あの人、休みでもないのに、なして学校さ行ってねんだ？

そう考えた時、一度に思い出しました。

しまった。今日、卒業式だったんだ。

おいは大あわてで子犬のヒモをクイにかけると、学校に向かって走りました。

もう卒業式が始まっているかも知れね。そうだったら、どっすべが。とにかく、急がねばならね。

学校に着いて階だんをかけ上がるあたりで、もうだれもいないんじゃないかと思いました。学校中がシーンとしていたからです。階だんから六年生の教室のあるろう下に出ると、やっぱりそうです。

みんな体そう場に行ってしまったんだ。おいはそう思って、だれもいない三組の教室、

二組の教室と見ながら、体そう場に向かって走り出していました。

そこに
「田村。待て」

と、いう声が聞こえました。

先生が一組の教室から出てきて、おいの前に立ちふさがりました。

この大事な日にちこくなんかして……ということを言って、ごしゃぐと思いました。

だけど、そうではありませんでした。

反対に、先生はやさしい声で言いました。

「卒業式はまだ始まらないし、田村のすわるイスは平山が持っていったから大丈夫だ。それより、今日は卒業だから一組のみんなに同じことを一言、一人ひとり別々に一言ずつ言ったんだ。それをきよしにも言いたくて待っていた。いいか。それをこれから言うぞ。

みんなに言ったのは、『大昔の人々』を時々思い出してください。そして、みんなで力を合わせることの大切さをわすれないようにしてくださいということだ。それから、きよしにはこういうことを言いたい」

そう言って、先生は少しの間天じょうの方を見上げました。そいから、またおいの方を見て言いました。

「がん張ったな。きよし……。やればできるということが、分かったか」

おいは何のことだか思い付かなくてキョトンとしていました。そいでも、かまわず先生は言いました。

「やればできるということが、分かったか」

だけども、おいは何とこたえればいいのか分かりません。だまって先生の顔を見上げているおいに向かって、先生はさらに言いました。

「やればできるということが、分かったか」

そう言った時、先生の目になみだがうかびそうになっているように見えました。

大変だと、おいは思いました。

先生が泣いてしまえば、おいも泣いてしまう。おいが泣いてしまえば、きっとわけ分からなくなるくらい泣いてしまう。

それで、おいは六年になってからのことを、必死になって考えました。いろんな出来事が、ものすごい速さで頭の中にうかんできました。そしたら、「はっあれだ」と、思い付きました。十一月に、先生が勉強して一番になれと言ったことがあった。あの時に、そういうことを言っていたと思う。おいは一番にはなれなかったけど、二番にはなれた。それが、やればできるということなんだ。

おいは、む中でこたえました。

「やればできるということが、分かった」

「よし。その言葉をわすれないで、これからもがん張れ。さあ。行け」

おいは体そう場に向かって走り出しました。

後ろから、先生の声が聞こえました。

「ゆっくりでいいぞ」

その声を聞いた時、なしてだか分からないけど、全然別のことを思いました。

先生っていいなあ。おいも、なるかなあ。なりてなあ。なれるべが。


体そう場に着くと、そっと戸を開けました。正面の横にある入口だったので、みんながシーンとしてすわっているのが見えました。あんまりシーンとしているので、おいは何だか入りにくくなって入口に立ったまままみんなの方を見ていました。

すると、二組の先頭にすわっている小山君がおいに気が付いて、手を口に当ててクスッと笑う格好をしました。それから、一組の石川さんをひじでつついて、おいの方を指差しました。石川さんはおいを見付けると、すぐに森山君をひじでつつきました。

森山君はおいを見付けると、おこったような顔になって
「来い。来い」

と、いうように一生けん命手をふりました。

それを見て、おいは思いました。

よし。行くど。
おいは体そう場の中に入りました。
そして、一組の席に向かって歩いていきました。
一組のみんなが、一度においを見ました。
みんなの顔が、ちょっとずつ笑ったようでした。
胸の中が、ぽっとあったかくなったような気がしました。
おいは、思いました。
もう一回、みんなして「大昔の人々」見に行くべ。

（了）

（＊　人名・学校名は筆者の創作であり、実在しません）

【著者】大方　陽児（おおがた　ようじ）

1947（昭和22）年、秋田県能代市に生まれる。能代市在住。

■著書

『能代　出船抒情』柘植書房新社、2012年

【カバー・挿絵】柴田　テツ子（しばた　てつこ）

1943（昭和18年）、秋田県能代市に生まれる。能代市在住。

絵てがみ教室「こもれび工房」主宰。

五十六個の赤レンガ

2015年５月25日第１刷発行　定価1700円＋税

著　者　　大方　陽児

発　行　　柘植（つげ）書房新社

〒113-0033　東京都文京区本郷1-35-13　オガワビル１F

TEL03（3818）9270　FAX03（3818）9274

郵便振替00160-4-113372

http://www.tsugeshobo.com

印刷・製本　株式会社教文堂

乱丁・落丁はお取り替えいたします。　ISBN978-4-8068-0669-1 C0093

能代
出船抒情

大方陽児著

四六判上製／152頁／定価1600円＋税

ISBN978-4-8068-0636-3

石川岩七が能代にやってきたのは、明治三十四年。

日清戦争の終了から六年、日露戦争の開始まで三年という時期である。北方への開拓に一段と拍車がかかるという時代的な背景もあって、空前の繁栄が能代にもたらされている時であった。……